私のディスレクシア

ピュリツァー賞受賞詩人
フィリップ・シュルツ 著
藤堂栄子 監訳
室崎育美 訳

東京書籍

私のディスレクシア

本書の本文は、読みに困難のある方にも読みやすい
ユニバーサルデザインフォントを使用しています。

My Dyslexia

by Philip Schultz

Originally published by W. W. Norton & Company, Inc.

ISBN 978-4-487-80620-1

Printed in Japan

息子イーライと

彼の混成の魅力のために

謝辞

この本を書くにあたってたいへんお世話になった方々にお礼を申し上げたい。まず、妻モニカ・バンクス。彼女の惜しみない支援と、このテーマについての広い知識はたいへん鋭く貴重な洞察を与えてくれた。彼女の支援や助言がなかったらこの本は生まれなかっただろう。次に息子のイーライ。苦難に直面したときの彼の勇気とユーモアは私を奮起させてくれた。もうひとりの息子オーギーも笑いが必要なときには必ず私を笑わせてくれた。そして私の優秀な編集者ジル・ビアロスキー。この本は彼女の発案であり、不可能と思えたときにも私があきらめないよう励まし続けてくれた。ジルの助手で、何でもよく知っているアリソン・リス。いつもそばにいてくれた、私の著作権代理人で友人のジョージ・ボーシャート。そして、私とイーライにとても価値あることを教えてくれた優しく知性あふれる人たち、キャロル・シマー、レベッカ・ディ・スンノ、エリザベス・クリフ・ホロヴィッツ、マーティ・

クーパー、ビル・オハーン、ポール・ワインホールドおよび彼の素晴らしく頼りになる先生たちや友人たちの面々。多くのディスレクシアにかんする貴重な書籍からもヒントをいただき、この本の内容に活かすことができた。特に、サリー・シェイウィッツの『Overcoming Dyslexia（ディスレクシアの克服）』（邦訳版『読み書き障害（ディスレクシア）のすべて―頭はいいのに、本が読めない』ＰＨＰ研究所 絶版）、リチャード・ラヴォワの『It's So Much Work to Be Your Friend: Helping the Child with Learning Disability Find Social Success（きみの友だちになるのはたいへんだ――学習障害をもつ子どもが社会でうまくいくために）』は参考にさせていただいた。また次に挙げる素晴らしい活動にも注目していただきたい。ジェイン・ロスが長く取り組んでいる「Smart Kids with Learning Disabilities（学習障害をもつ聡明な子どもたち）」という広範にわたる、先見性のある組織での活動、非常に貴重な情報源である「国際ディスレクシア協会」、豊かな発想の源でありディスレクシア全般についての信頼できる最先端の情報源である「イェール ディスレクシアとクリエイティビティ センター」、そしてマンハッタンで革新的な取り組みを行うチャーチル・スクールの校長であるグレン・コーウィン。すべてはここから始まった。

苦しみは人生の本質であり、人格の根となるものである。

私たちを人間にしてくれるのは苦しみだけなのだから。

ミゲル・ディ・ウナムーノ

I

この本を書くきっかけは卒業式の祝辞だった。二〇〇九年の春、私はマンハッタンにある学習障害（LD）の生徒のための高校チャーチル・スクールから卒業式で祝辞を述べる栄誉を与えられた。だが、その理由は私が前年に詩の部門でピュリツァー賞を受けたからではない。チャーチル・スクールの生徒の多くと同じように、私がディスレクシアであるにもかかわらず受賞したからだった。ピュリツァー賞受賞後のインタビューで、私は読みの習得に困難を抱えていて、そのため長年苦しんできたことを包み隠さず語った。五八歳まで自分がディスレクシアとは気づかなかったこと、小学二年生だった長男がディスレクシアと診断されたことがきっかけだったことなど。神経科医の書いた息子の診断書を見て自分にも同じ症状が多くあると気がついたのだ。言葉の意味を理解するのに時間がかかる、字がとても下手だ、ものの名前を間違える、辛抱《しんぼう》強く読めない、書くことを含む宿題のほとんどはすぐに投げ出す。例えばこんなところだ。それからまもなく、インタビューではいつもディスレクシアについて聞かれることになった。最初の質問はこんなふうだ。「一一歳まで文章が読めなくて、五年生のはずなのに三年生に留年したままで、退学を勧められた人が、どうしてプロの詩人になれたんですか」

もっともな質問だが、たずねるべきは「なぜディスレクシアであることを公表したんですか」だろう。私のピュリツァー賞をもらった詩集『失敗』に収められた詩の多くは父が事業に失敗したことと、それによって母と私がどんな影響を受けたかについて書いたものだ。自分がディスレクシアで劣等生だったことに触れたものは皆無だ。ではなぜ、妻や親しい友人たちとさえ時間をかけて議論したことのない事柄を、初対面の人たちと、喜んでではないにしても、嫌がらずに話そうとするのか。自分がディスレクシアとわかった後も私の気がかりは息子の問題だった。どうしてあんなに聡明で優しい性格の子が学校に行きたがらないのか。この問題が自分の生活にどう影響しているかなんて二の次だった。しかし突然、この問題こそ私が考えるべきことだと思えた。今までの人生でずっと私を苦しめてきた謎がそこにあると思えた。

　これこそ私が気づくのをずっと待っていた謎だと思った。一度気がついたら頭から離れなくなった。かと言って長時間かけて考えたいとも思わなかった。他にもっと楽しい考え事があるときは特にそうだ。これまでの仕事をふり返えると、ずっと順調だったというわけではない。突然、私と私の作品に世間の興味が集まった。読めないというあの苦しみに、なぜ立ち返ろうとするのか。インタビューで聞かれても話すのはやめようと決めた。しかし遅すぎた。ディスレクシアの団体から呼ばれるし、友人たちには質問されるし、息子さえも私のディスレクシアについてもっと知りたがっていた。どうやら誰もが同様のＬＤに苦しんでいるか、苦しんでいる知り合いがいるようだった。本当にみんながそうだった。下の息子の友だちの親は、自分と子どもたちがかかえる問題について学校の駐車場で私に話してくれた。朗読会の後で私の詩集にサインしてほしいと待っている人たちは、読むことにまつわる苦しい体験をこと細かに話してくれた。言葉の意味を理解するのが遅いことは長期間にわたって影響を及ぼすことやその他もろもろの言語のスキルとの格闘について。後ろで辛抱強く待っている人たちがいてもだ。突然、みんなが私と話したくなったようだった。私の詩についてではない。

彼らの最大の関心は私のディスレクシアだった。

ピュリツァー賞受賞の吉報が届いた日の夜、私は眠ろうとするのをあきらめて階段を下りた。妻のモニカがダイニングテーブルについて、どうしたものかと途方に暮れていた。私は六三歳、こんな大きな賞は初めてだが、これまでもそこそこ認められ、賞をもらい、何冊か詩集も出してきた。受賞が私たちの生活にどんな意味ももつと思うかと妻に聞かれて、自分の感じていることさえ簡潔に言葉にできなかった。私たち夫婦はライターズ・スタジオという学校から生活の糧を得て質素に暮らしている。妻は才能のある彫刻家だ。そもそもお金に執着する人間は彫刻家や詩人にはならないものだ。

イースト・ハンプトンに大きくはないが快適な家をもっている。前の不況期に買い、家族が増えるにつれて増築してきた。つまり、現代の芸術家としては普通の暮らしをしていて、幸運にも食べるに困らない生活を維持できていると言えよう。常日頃から自分は恵まれていると思っている。詩を書いたり教えたりする仕事が好きだし、教養があって勉強熱心な、教えがいのある生徒たちに講義できることもうれしく思う。たびたび疲れたとグチを言い、ときには冗談で、私の退職時期について会計士が私の死後一〇年と言うところをどうやって死後五年で勘弁してもらったかを披露することもある。もう望む生活は手に入れたし、これから誰かと生活を交換するつもりはない。

だから春の深夜に妻と食卓テーブルをはさんで見つめあっているのはちょっとした驚きだ。変化の予感に不安になっていたのだ。いったいどんな変化が訪れるのだろう。朗読会が増えるだろう、ひとつかふたつ増えたって今を超えることに違いないわけだから。次の詩集が間違いなく出版されるだろう（今までは前の詩集の売上次第だったから「間違いなく」とは言えなかった）、そして私の作品は少なくともしばらくの間は有名になる、といいことばかりを私は予想した。でも、なぜ私はそのとき大喜びしなかったのか。

最初は忙しすぎて自分に何が起こっているのか理解できていなかった。報奨を手にするときはいつも私はあからさまな懐疑心や大げさな謙遜《けんそん》を感じていたが、今はすべてが違うようだった。人は私が喜ぶことを期待していた。私が得た評価と栄誉にふさわしい態度をとるよう期待していた。不平不満や個人的な葛藤《かっとう》について聞きたいとは思っていなかった。翌年の春、チャーチル・スクールでスピーチをして初めてわかった。受賞直後、私はいい知らせを聞いて神経が遅延反応を起こしていたのではなく、どう言い表したらいいのかわからなかったのだ。それはもっとずっと個人的で複雑なことだった。

私は入ってくる情報すべてを受け取り吸収する、不可解で、複雑な、それまで意識しなかった方法に苦しんでいた。私の心が情報を受け取り、処理しようとする方法にまったく気がついていないわけではなかった。自分の心が機能する入り組んだ過程を意識するようになりつつあった。

◇◆◇◆◇◆◇

チャーチル・スクールで一〇分のスピーチを終えると壇上で主催者側の列に並ぶよう言われた。卒業生を祝福するためだ。学校職員の端に立って、この儀式が始まり、そして終わるのを待った。私は落ち着かず、不安だった。生徒を知らないし、先生や理事たちのように彼らの手助けをしたこともない。私がしたことといえばディスレクシアのためにどんな目にあったか自分の経験を話しただけだ。学校の成績がとても悪く、三年生に留年して退学を勧告されたのにその理由もわからなくてどんな気持ちだったかを思い出しながら。だが「正式」

な診断を受けていないし、ここの「正式」な職員でもない。生徒たちの喜びに輝く顔を見ながら、スピーチを引き受けなければよかったと思った。生徒たちがどんな苦労をしているかわかったからだ。LDのための学校にいるんだから、私よりもっと苦労してきたのは確かだ。私の話したことなどとっくに知っている。それなのに卒業生たちは私に向かってほほ笑み、握手しなくてはならない。絆を確かめる下手な芝居に加わらなくてはならない。光栄に感じるどころか私は恥ずかしかった。

六月の暖かい日で、誰かエアコンを入れてくれないかと思うほど汗をかいて立っていた。モニカと息子たちが私を見上げているのがわかった。私同様落ち着かず、居心地が悪かっただろう。名前が呼ばれ、生徒ひとりひとりが起立して壇上に上がり、卒業証書を受け取る。校長や理事長、PTA会長に肩を抱かれる。その様子を私はじっと見ていた。自分の気持ちをどう表していいのかわからなかった。生徒にひとりずつ卒業証書を手渡すという儀式には一体感があった。単に個人が学校の課程を修了したことの証明を超えて、勇気と高潔さの証だったからだ。若者の顔に浮かんだ驚きと感謝の表情は言葉にできる以上のことを物語っていた。自分たちひとりひとりがやり遂げたことの大きさを理解しているし、周りの人たちもわかってくれていると。

最初の女子生徒が近づき私が手を出すと、彼女はにっこりして優しく手を握った。初めの二、三人はほほ笑んで握手していったが、どこかぎこちなかった。次の若者は私の出した手を無視し、私を抱きしめた。そして耳元でささやいた「あなたはもう家族の一員です。あなたのお話は忘れません。ありがとう」と。それからはひとりひとりに抱きしめられ感謝された。私が自分のことをどう思っているかと、人にどう思われているかの差がこれほどはっきりしたことはそれまでなかった。ほんの数分前まで、頭が悪くて文章が読めない、何も覚えられない、「落ちこぼれクラス」の子と呼ばれている気分だったのに、今は偉業を達成した生徒たちに握手を求められるなんて。

壇上に立ち、私は巣立っていく若者たちに強い結びつきを感じていた。なぜインタビューで自分のディスレクシアのことを話したいと強く思ったのかやっとわかった。優等生ではなかった昔の自己イメージとついに格闘し始めたのだ。どうやら自分は人の称賛を受けることもある人間で、万年「落ちこぼれクラス」ではないようだ。

Ⅱ

これだけは確かだ。ディスレクシアの人の心は他の人の心とは違う。言語をうまく処理できないのは頭が悪いからではないとわかるのに、ほとんど一生かかりそうだった。他の、人生で大事な何かと引き替えにするようで、自分の弱点を明らかにするのはとても複雑で難しいことだった。たとえ間違いを犯すことがあり、それほど価値がないとしても、自分にはひとつくらい認められるものがあると思うようになっていた。人を不快にせず、人に受け入れられる方法で周囲と折り合って暮らす術を身につけていた。一〇歳のときから、逆に考えて暮らすようになっていた。これはできないのだからあれを楽しもうと、たえず向きを変える流れに向かって、得られないものではなくその代わりとなるものを得ようと泳いできた。これはうまくいった。幸せな結婚をし、二人の素晴らしい息子にも恵まれ、作家を職業とし、学校（これは私がディスレクシアを補うために使ってきた思考プロセスそのものが形になったものだとすぐにわかった）も作った。そのすべてを私は誇りに思っている。

チャーチル・スクールでスピーチする一年前、息子の中学校から卒業式で話すように頼まれた。なぜ思春期真っ只中の一三歳に自分がディスレクシアであることを話さなくてならないと感じるのかわからなかったが、ともかく話した。話し終えると卒業生の父親に「読むことの困難を克服して楽しく読めるようになりましたか」と聞かれた。難問だった。それまで考えたことのない質問だったが、にっこり「いいえ」と答えた。そのときでも読むのに苦労していたし、言葉のプロとして長年過ごしてきて、読むという過程そのものが特に楽しいということはなかった。

本は大好きだ。息子たちが野球カードを集めたり、勉強や運動でもらう賞状を集めたりするのと同じように自分が集めてきた本は特に好きだ。書斎《しょさい》でオリーブ色のソファに座り、本を見渡すことほど楽しいことは他にない。一冊一冊、いつどこで、どんな状況で読んだかを思い出そうとするとき、本はまるで旧友の写真のようだ。本の匂いや適度な重さも好きだし、本棚の収まるべき場所に本を並べていくのも楽しい。なかでも、君はどう思うかと問いかけてくる、とても個人的で、その人独自の世界観の数々がそこにあることが気にいっている。思いがけず信頼したり、絆を感じたり、著者への好感度が増すのもうれしい。本当に本の何もかもが好きだ。実際に読むという行為を除けばだが。

何を言っているのかピンとこないものを自分に理解できるように言いかえるという作業はずっと難しかった。本当にわかるまで同じ文を二、三度読み返すことはよくあった。語の配列をあれこれ変えて音読し、やっと意味がわかり始める。次の文に進むにはこれが必要だ。ああ自分は読んでいる、この不思議な充電の過程が進行するべく行動しているのだと意識してしまうと、私はたじろぎ、頭が真っ白になって不安のあまり止まってしまうのだ。

何らかの理由があって私が十分に理解することはないだろうし、たぶんそれを望んでもいないのだが、読んでいるときの、独特で、しつこく、ちょっと手に負えない心の働き方が私は嫌いだ。私はさっと座って読み始めることができない。長々とコンピュータでソリティアをやったり、お茶を温め直したり、愛犬ペネロペをもう一度散歩に連れ出したりして、まず自分をその気にする必要がある。ペネロペはこれを知っていて、私が何かごそごそ始めると次は散歩に連れていってもらえるかもしれないと喜んでいるようだ。

しかし、いったん読み始めると、この格闘に身をゆだねることこそ一番の関心事なのだと確信すると、新しい思想や文のひとつひとつを始めはためらいながら読み進めていく。まるでそれに付与された強さや勇気をため込んでいくかのように。読んでいる間、私は自分にインチキ商品を売りつけるように、今読んでいるものはとてもおもしろくて価値があり、読まずにはいられなくなるから努力するだけのことはあると思い込ませなくてはならない。合間、合間にこうも自分に言い聞かせなくてはならない、たえず文章を読み返すことは思慮に富んだ、必要な行為で、自分を律し鍛え、集中力を育てる行為でもある、最終的には人間としてだけではなく作家としても自分の役に立つのだ、と。この論争はいつも受け入れられるとはかぎらず、ときにはイライラしたり疲れたりでやめてしまうこともある。息子の言語理解はウェクスラー知能検査で99・6だった。息子は「名詞分類に関してはたぐいまれな能力をもち、語彙《ごい》がとても豊富である」ことを実証したわけだが、私もこの能力をもっていると思うし、その能力が言葉を探し出せなかったり一般的な概念を把握できなかったりする私の困難さを補ってくれている。今までに何度も調べた言葉の意味をよく忘れるし、自分が正しい言葉を選んだか確認するために執筆中にひんぱんに類義語辞典を引かなくてはならない。読んでいるとき、私の心の中では不確実さと旺盛な知識欲の間である種の交渉が行われている。その交換の際に私は無力感と不安を克服しなくてはならない。ランナーが息切れした後また元気を取り戻す方法を身につけるように、アスリートが心地よさを越えたところに自分を押し出すように、私は読めるようになった。私は一語一語読む。ときには一文終わるたび、一段落、一章読み終わるたびに自分を祝福しながら読む。だから私はしっかり書かれていないものや感動のないものを読むのに特に苦労するのだろう。私が詩を書くようになったのは詩がとても簡潔で、素晴らしく心を動かすからだろう。

何をとっても、私が作家だという事実がいっそうこっけいに、驚くべき非常識に思えることばかりだ。

作家になりたいと最初に思ったときのことを覚えている。五年生だった。もう一度退学勧告されるかもしれない（私は一月生まれなので一年早く幼稚園に入った。家から離れた学校では留年し、行動に問題があるという理由で退学を勧められていた）と脅された両親が無理やりつけた家庭教師にやぶからぼうに「きみは何になりたいんだい」と聞かれた。一瞬のためらいもなく「作家になりたいです」と答えた。

家庭教師は小学校の校長を務めて退職した人で、優しいけれど少し厳しく、太り過ぎで机におなかが収まらないため机から離れて座っていたので、机の上のものが簡単に取れなかった。笑うとおなかだけでなくあごから膝までプルプルふるえた。私の返事を聞くと、笑いに笑った。一一歳にもなって読み書きができない少年がそれで身を立てたいと言ったらそんなにおかしいのか。今うまく読めないからといってずっとそうだとは思っていなかった。いつか読めるようになるだろう、そうしたらまったく違うだろうといつも思っていた。しかしジョイス先生は（ずっとあとになって先生の名前の皮肉に気がついた）笑いっぱなしだった。すまないと涙をぬぐい、もっと激しく笑い始めた。

「フィリップ。いったいどうして作家になりたいと思うんだい。基礎でさえこんなに苦労しているのに」爆発したら大変というようにおなかを押さえて先生は聞いた。

私はちょっと肩をすくめただけだった。なぜだかさっぱりわからなかった。私は侮辱されたとは思わなかった。ただもの珍しかったのだ。

「いつから作家になりたいと思っていたのかい」

「すこし前からです」

「どのくらい前から」

「先生が聞いたときからです。それまでは考えていませんでした」

また先生が笑い始めた。もっと力をこめて。

その夜、ベッドで母に今日ジョイス先生に言ったことを話し、一緒に『ブラックホーク』（一九四〇年代に大きな人気を博した戦争漫画）のコミックを読んだ。（いつも母が声に出して読み、私はまるで自分で読んでいるようにその音をまねていた）そのとき、母をさえぎって本当に私が読み始めたのには二人とも驚いた。母はそこに座って、大きく目を開いてじっと私を見つめていた。私は一度止めたらもう読めなくなるのではないかと心配して息つぎもせずに読んだ。ひと言ひと言に節をつけ、にこにこと母の肩越しに一月の月を見ていた。壊れたブラインドのすき間から、大きな細い月がびっくりしたように私にほほ笑みかけていた。二年前のやはり一月、母が前の学校で担任と校長に呼び出されていたなと思い出して私も驚いた。

◇◆◇◆◇◆◇

三年生のときの担任は私が授業を聞かないし、集中しないし、簡単な指示にも従わないと母に言った。校長は、気の向いたときに教室を出てけんかを始めると言った。先日私は校庭でよその子の顔をセメントの排水溝に押しつけて、その子は頬と口を切っていた。しかし、その子が他の子と一緒になって私がそんなに腹を立てるほどの悪口を言ったことを先生たちは黙っていた。私は「何も覚えられない落ちこぼれ」と言われて、父や伯父《おじ》さんが侮辱《ぶじょく》されたときにすることをしたのだ。映画やテレビでいかつい男たちが侮辱されたときにすることをしたのだ。力を込めてひっぱたき、笑うのを止めさせたのだ。

校長は母に学校を辞めてもらうしか方法がないと言った。話を聞きながら、母の目は小さく、厳しくなっていった。どれほどつらい言葉を言われているのか悟られないように、母は泣かないようにがんばっていたと思う。なぜ先生たちは他の子たちがしたことを言わないのか。私がどもるのをまねしたんだ。なぜあの子たちの母親は学校に呼ばれないのか。校長は母だけに話しかける。まるで私はいないかのように。隣に立っているのにまるで見えないかのように。授業と同じだ。私は聞いているのに、担任は他の子たちだけに話しかけ、私には何を言ってもわからないし、話しかけるのは時間の無駄と思っているかのようだ。次の学校で四年生になれる見込みはないから三年生に入ることになります、と校長はつけ加えた。そこで四年生を終えたら進学する予定の学校は第九学校と呼ばれていた。ロチェスターでは最悪の学校で、退学して矯正施設に行く子どもの数が多いことで有名だということを母は知っていた。

家に帰る途中、雪が降っていたが母は気づいていないようだった。私が大急ぎでついていっているのにも気づいていないようだった。いつもは手をつなぐのにそのときはつないでいなかった。まるで私から離れたいように母は急ぎ足で歩いていた。氷に足をすべらせてぬかるみで転んだときも、座り込んだまま、私を見上げてため息をついた。私はそのまま歩いて行きたかった。

母は私にウソをつかなかった。おなかにある大きな傷のことを話してくれた。私が生まれるときにおなかを切ったからだ。私にはきょうだいがいない。私の生まれる一年前に女の子を亡くして、医者にもう一度出産するのは危険すぎると言われたが、母は子どもが欲しかったので気にしなかった。毎晩私が眠るまでどれほど私を愛しているか、人生で一番大事なんのは私だと母は話してくれた。そして母は私に学校でしっかり勉強してほしいと言った。学校と勉強が大好きな母だったが、ポーランド移民の父親に家の手伝いをするように言われて学校を辞めなくてはならなかった。学がなくて、他の人が知っていることを知らないようでは絶対ダメだと言った。私がすべてを変えると母は言った。自分のできなかったことを何でもやってくれる、自慢の息子になるだろうと。

その私が留年し、学校から追い出され、ニューヨーク北部で最低の学校に行くのだ。母の思ったとおりにはならなかった。

母は座ったまま、ぬれた雪の中で私を見上げた。

こんな母を見るなんて最悪だ。最悪だ。

◇◆◇◆◇◆◇

そのとき、私は読んでいた。それを母はうれしそうに見ていた。

「フィリップ、読んでいるのね。自分で読んでいるのね」

「うん、読んでるよ」

「ジョイス先生に作家になりたいって言って、笑われたからなの」

「笑われたって気にしないよ」

「でも、読んでいるわ。ずっと前から読み方がわかっていたみたいね」

そうだ。ずっと前から本当にわかっていた気がする。

そして読めれば書ける、簡単なことだ、と私は思った。

Ⅲ

　自分のディスレクシアについてわかった大事なことがひとつある。自分のディスレクシアについて書くのは、自分の不安について書くことでもあるということだ。不安に耐えること、不安を回避することは今や私にとって生きる術だ。私が学校に通っていたころは、療育法や認知行動療法についてほとんど知られていなかった。もし誰かがセロトニンレベルについて、否定的な思考パターンから抜け出す方法について話してくれたとしても、私の住むところまでは届かなかっただろう。あの頃はすべて私が「神経質なため」ということになっていた。

　車を運転するとき、私は時々わざと違う方向へ向かう。心はいつも遠回りして考えるのに、車で最短ルートをとったら、心が望まない決定をすることになってしまうからだ。勝敗や自尊心とは関係のない、不可解な論理の世界を支配することが目的のこのゲームでは、左折の代わりに右折するというような単純なことが戦法になりうる。これを呪術《じゅじゅつ》的思考と呼びたいのだが、むしろタルムード的思考（タルムードとはユダヤの律法とその解説の集大成）と言うべきだろう。私の下す決断がどれほど無害、健全、寛大、平凡であろうと、私が下した決断の範囲内にあるというだけで、あらゆる決定や考え方が大量の厳しい自己批評を呼び、無意識のうちに膨大な、「すべきか、すべきでないか」、「合理的か、非合理的か」の判断につながるという意味でタルムード的思考と呼ぶのが妥当なのだ。

言いかえれば、間違った道は正しい道なのだ。誤って入り込んだヘアピンカーブ続きのハイウェイを考えてみればいい。なにか観念化された妄想のように聞こえるかもしれないが、少しも難しいことではなく、わかりきったことだ。それは、緊急事態が一斉に四方から生命に迫ってくるというくらくらするほど厳しい状況で、ビジネスライクに、いつも通りやってのけることだ。私が距離を置くべきやり方、つまり、後でこそこそと訳のわからないことを言って人の一枚上を行こうとするやり方に対して、ビジネスライクにやってのけることだ。私の心はまだ実行されていない、多くの場合、想像さえされていない動きに反応しようとする。これは生き方とは何の関係もなく、すべてこれからの苦闘に向けた策略や心構えにかかわっている。言うまでもなく私はチェスが得意だ。二、三手先を読むのは自然なことだ。この考え方はディスレクシアを補うことで身についたものだ、と今は理解している。

自分が他の子どもと違うことはわかっていた。外見や財産、頭の良さという物差しでは測れない違いのある世界に私は住んでいた。私の住む世界では自分の考えや行動をコントロールするのに苦労がつきものだった。私は尋常ではないほど他と違っていた。私の脳は私の言うことも、親や先生の言うことも聞こうとしなかった。時計を読む、左右を区別する、指示を聞く、誰でも簡単にやっているように見えるこんなことにさえ苦労しているのだから、どうして自分の考えや自分自身が信頼できるだろうか。先生の一言一言に私は腹を立て、取り乱した。私にはできないとわかったうえで先生が命じていると思うと、攻撃されて逃げ場がない感じがした。あらゆる種類の規則とテストが大嫌いだった。たいていは何が問われているのかわからなかった、だから、なぜこんなことを問うのか目的がわからなかった。

私を恐がらせるものにはいつも不安になった。恐いと思えば思うほど不安の度が増した。ほとんど何にでも不安になった。例えば妻は、私が何かを書いたり読もうとしたりしているときは特に、突然現れて驚かせるようなことはしない。集中するためには、静けさと頑固さで慎重に作り上げた、干渉のない繭《まゆ》で身を包まなくてはならないからだ。私の心は読んだり、語をつづったり、レシピや地図を理解したり、命令や指示を聞いたりすることが嫌いだ。どんなことであれ一瞬で決断したり、会話にずっと耳を傾けたりするのも嫌いだ。今までに使ったどの電話器の留守録機能も番号を正確に記録できないとずっと思っていた。自分は難聴なのでどうにか聞きとるまで何度も聞き返さなくてはならない（場合によってはそう信じていたいのだが）と思い込んでいた。ささやき、あてこすり、短縮した言い方は私の心の中ではバーゲンセールのアナウンスのように、早口でちんぷんかんぷんなものとなる。私の今までの苦労は私のせいだけではなく脳の問題という、より大きな問題の一部であり、不安に苛《さいな》まれるのは性格的特徴と思っていたことの裏には脳の働き方という科学的な理由があるとやっとわかって大いに驚いた。心の中で繰り広げてきたいたぶりのゲームや、それを埋め合わせる、果てしなく回りくどい思考法のすべてに名前があるだけでなく、多くの人が（多くの場合、障害と知ったうえで）苦しんでいる障害だとわかって大いに驚嘆した。息子は七歳のときから自分が何で困っているのか知っていたし、自分がディスレクシアと知っているから、なぜ自分にはできないことがあるのか理解している。テストのときには時間延長がある。プレッシャーやストレスのない静かで落ち着いた場所にいられる。クラスで一番の子と同じくらい自分は賢いと知っている。すべてが彼の励みになっている。息子の心が引き起こすトラブルは彼の責任ではない。責めることでも恥ずかしく思うことでもない。

今ならわかる、なぜ料金所の係員の指示がわからなくて、高速道路の望みの出口を通り過ぎてしまったのか、なぜGPSに向かって「ちくしょう、左ってどっちだ」と怒鳴《どな》ったのか、なぜいつも人を紹介したり、名前をちゃんと覚えたりできなかったのか。なぜ二人の息子の名前を呼びまちがえたり、ときにはくっつけて「オーギーイーライ」とか「イーライオーギー」と呼んでしまったのか、なぜノートを取れなかったのか、自分で書いた字が読めなかったのか、かわすほとんどすべての会話をとぎれとぎれに聞き、これは後で組み立て直したり解読したりしなくてはならない謎だと感じていたのか。なぜ数年間、心理療法を受けたのにまったく解明されなかったのか、そして最後に、なぜ私は教師になったのか。教師というずっと話をする仕事についたのか。今ならわかる、なぜできないことを誰にも頼まれたりしないときだけ、つまり、ひとりでいるときだけ安らぎを覚えたのか。なぜ今でも、爪を噛《か》み、自分のあらさがしをし、大きな音に驚き、いつもため息をつき、人に期待されると頭が真っ白になっていたのか。なぜこの本を書き始めたとき、落ち込んで数カ月も書けなかったのか。なぜ自分の課題のことを考えると必ず犯罪現場から逃げ出したいような気持ちになったのか。私はもともと落ち込む方ではない。今までは落ち込んだとしても短く、だいたいは失恋や一時の寂しさ、若い作家には常にある仕事が認められないうっ屈が原因だった。長く本当の憂うつを感じたことはなかった。こと仕事に関してはそうだった。それが今は自分のディスレクシアについて書こうと思うだけで憂うつになった。

ある三月の早朝、私と妻は犬のペネロペを連れて浜辺に散歩に行った。こうするといつも頭がはっきりするのだ。疑問の余地なくイースト・ハンプトンに住む者の恩恵のひとつなのだが、ここはロングアイランド湾に沿って大洋と入り江に囲まれている。浜辺ではたいていいい考えが浮かんでくる。特にその朝、海はけがれなく、私を歓迎しているようだった。大きな波が破滅を誘うように、元気づけるように海岸線で砕けていた。絶え間ない心理的動揺を表す、頭韻《とういん》を踏んだ波の詩を読もうとしながら、長く私を支配し、どこにもこっそりついてくる不安を今は疑っていた。どうしてこれほど憂うつなのだろうと聞くと、本のせいよとモニカは答えた。もちろん本のせいだ。いらいらと強情はすべての憂うつを司る悪魔の兄弟だ。でも、私のディスレクシアのいったいどこがそれほど恐いのだろうか。

そのとき、それは不安だと気づいた。ふり返るととても不安になるので、私の心は思考を抑圧することで自らを守ろうとしていた。その日、次の日と私は書けた。憂うつは去った。

自分の心の迷路と地下回路を理解しようとするのは油断のならない仕事だ。油断がならないが、考えそのものが届けられる前に、翻訳され、解釈され、検閲される人にとっては必要な仕事だ。自分の心が考え、行動する方法に恐れを抱いているところが私にはある。まったく自分の自由にならず、私に同情的とはかぎらない誰か他の人のもののような気がするからだ。物心ついてからずっとある、自分の力ではどうしようもない恐れだ。スタンリー・キューブリックの映画『二〇〇一年宇宙の旅』を初めて見た映画館を覚えているのはこれが理由だろう。自分の座ったシートと列、いくつだったかを覚えている（二四歳の誕生日の二日前の木曜日の午後、サンフランシスコのゴールデンゲイト劇場だった）。宇宙船のコンピュータ、ハルが宇宙飛行士たちを攻撃し始めたとき、震えあがったのを覚えている。その映画は、私自身と脳との不安定な関係を語っているようで、こっけいなほどの誇大妄想と不確実さ、興奮ともろさを同時に感じさせた。宇宙飛行士たちはハルに頼り切っていたし、ハルの存在を当然だと思っていた。ハルは自分たちの脳であり、宇宙船を操縦し自分たちの生活を支える中央統治システムだった。それが突然、生き残るためには敵でもあることに気づかなければならなかった。ハルが自分たちに危害を与えようとしたのだから。そう感じたのは、私の脳が不安を使って私の理解することや書く内容をコントロールしようとしている、私の思考を検閲しようとしているとわかったときだった。憂うつと不安に苦しんだ最初の記憶は、初めて読み方を習ったときかもっと以前にさかのぼる。私の脳には私の脳が定めた手順があり、ふさわしい環境が与えられれば、その知能を使って退化し自滅するまで、我々に立ち向かってくる可能性があるとキューブリックは言っているようだった。生き延びた宇宙飛行士がついにハルを切り離し、再び宇宙船を操縦し始めた瞬間は私にとって勝利だった。涙があふれ、とても混乱していた。町からノエ・バリーの小さなアパートまで歩いて帰った五マイルのことはよく覚えている。あまりの不思議さにまったく言葉が出なかった。いつも疑っていたことは本当だった。自分の脳は信用できない、敵かもしれないと。

Ⅳ

ひとつやふたつ自分でも誇れるし他人から誉めてもらえるものをもちたいと思って、私は自分のできない多くのことをごまかして自分という人間をを作ってきた。言えることはたくさんあるが、真相は過去および現在の私の脳神経の配線具合と関係が深い。ある意味、それは孤独を求める配線になっている。他とは違う性向、普通でない雰囲気によって他を遠ざけている。他と違うということは子どもたちにとってはぞっとするくらい不快なものだから、特に大問題だ。私の行動はいつも他と違っていた。

幼稚園の初日、母は突然、さよならさえ言わず、ひとりになることに何の心構えもない私を置いていった。たぶん私が大騒ぎするのが恐かったのだろう、母は私の手を離してドアへ急いだ。知らない人ばかりに囲まれてひとりぼっちの私はテーブルによじ登って金切り声をあげた。分離不安というおもしろい名前があるが、それは私が感じた恐怖を表すにはほど遠かった。母はなぜ自分を置いていかなければならないか説明したかもしれないが、それでもどうにもならなかった。私は泣き叫び、先生も職員も、心理士も私を落ち着かせることができなかった。数日後、私がまた登園し始めると、母は教室に残らなければならなかった。暗いところで私がひとりで眠れるまで一緒に寝なければならないのと同じように。この私の暗闇恐怖は、私の周りの人々の失望と自己中心性でできた世界に閉じ込められたひとりっ子であることの表れだと信じていたが、ある程度それはあたっているだろう。今はそれ以上のものだとわかっている。自分が他とは違うという不安、自分のディスレクシアに関連しているにちがいない不安がこの恐怖を生み出していた。

マリアン・ムーアのエッセイ『私が今一六歳だったら』の一節「寂しさを治すには孤独しかない」について私は考えている。的を射た、簡潔な表現ではないか。この素晴らしく聡明な詩人はこの二つの重要な区別がわかっている。寂しさとは誰かを求める不完全な状態であり、苦痛と憂うつを生み、極端な場合には破壊的になりうる。それに対して孤独は自ら選んだものであり、芸術や思想を生み出すには不可欠なものである。たとえ自分ひとり身を隠しているように感じ、仲間がまったくいないのが辛いと思えても、孤独は必要で自然な状態だと我慢できるようになることで私は何とかやってきた。本当のところ、父やジェイク伯父《おじ》さんにひどく怒られるくらいならひとりの方がよかった。私の友人は架空の人物で、私を慰めて誤りを正してくれて、私が作った神話の中だけに住んでいた。今日まで、朗読会の後、初対面の人たちに自分の日常のこまごましたことを話した後はひとりになりたい。チャンスがあれば、裏口から出て、階段か駐車場でほんのひと時ひとりになって、他人の期待から解放された孤独と静けさを楽しむだろう。眠れないとき、よくダイニングルームで灯りをつけずにショットグラスのウォッカをすすっている。息子たちは二階で寝がえりをうち、妻は二つ向こうの部屋で二人のベッドで気持ちよく眠っている。ペネロペは私の足もとで丸くなっている。孤独の瞬間とは、どこかに属しているか、まったく属していないかの間にある無人地帯のことなのだ。

◇◆◇◆◇◆◇

退学を勧められた学校での最後の年、私はひとりで近くにあったハンガリー風の家族向けレストランで、ボンドやヒッキー・フリーマンや、ロチェスターにあったファッションパーク紳士服工場の勤め人にまじってランチを食べた。私が父の自動販売機から小銭を盗んでいることを母は知らなかった。母の作ってくれる弁当を学校に行く途中で捨てていることも知らなかった。学校のカフェテリアで他の子と一緒に食べていると母は思っていた。誰も私の隣に座りたがらないことや教室の反対側にひとりで座っているときでさえからかわれていたことを知らなかった。リチャード・ラヴォワの「It's So Much Work to Be Your Friend」(『きみの友だちになるのはたいへんだ』)はLDの子どもが友だちを作ったり、友だちであり続けたりするのが難しいことを素晴らしく詳細に語っている。ソーシャルスキルが少ないために他の子どもたちが背を向けるような振る舞いしかできないということをうまく書いている。私は何も覚えられないからみんなに嫌われるのだと思っていた。火の通り過ぎた肉や煮過ぎたジャガイモや野菜が大嫌いでも、毎日ひとりで青と赤のユニコーン模様の壁紙のレストランで、同じハンガリー風シチューとミルクを注文している理由が私のディスレクシアにあるとは少しも思わなかった。そこへ行った最初の日にひとりの男がそれを注文しているのが聞こえたから、毎日同じものを注文することになった。メニューが読めなかったし、恥ずかしくてウエイトレスに聞けなかったのだ。

カウンターで黙って食べ、新聞を読んで仕事に帰っていく男たち。このまま読み書きができなかったら就くしかないと母の言う仕事に帰っていく男たちの疲れた顔を私はけっして忘れないだろう。男たちが咀嚼《そしゃく》し、ロボットのように顔をしかめるのを私はじっと見ていた。白い髪のウエイトレスは私がほとんど食べ物に手をつけないので、何か他のものをあげようかと聞いた。それでも、学校のカフェテリアで恐怖を感じるより、ひとりの方がよかった。この小さなレストランはロチェスターの紳士服産業の中心地にあった。私の祖父は二人とも仕立て屋として身を立てた。ユダヤ人移住者はニューヨークに行って婦人服を仕立てるか、ロチェスターで紳士服を仕立てるかだった。母は三三歳まで文書整理係として働いて父と結婚した。母がその仕事を低賃金単純作業とひどく嫌っていて、自分のひとり息子が同じ仕事に就くと考えるのが耐えられなかった。私の生活が母自身の生活よりもっと価値あるものになるようにと母は心を痛めた。私のためでなかったらどうしてそこまで心配することがあっただろうか。

祖母や祖母の友だちの話す言葉はあやしげで不完全だった。その近くの家々の塀や屋根板や屋根が壊れて不完全なように。いつもみんな疲れていて修理する気力もなかった。私の心も壊れていた。

ロチェスターの長い午後のことで一番よく覚えているのは、絶え間なく降る雪を見ながら座っていた赤いチェック柄のクロスのかかったコーナーテーブルだ。かんしゃくが収まらなかったら、自分の考えていることをうまく言葉にできなかったら、何が問題だろう。九九《くく》表《ひょう》のことを九九枚の表と思っていたら、先生が自分の方を見るたびにひやひやしていたら、読み書きや計算ができなかったら、アメリカ大統領の名前を言えなかったら、世界一バカな生徒だったら、いったいどうしたというのだ。つかの間、窓辺で降り続く雪を見ていると、誰も、自分自身さえも、私を嫌っていないし、尊敬したり愛したりする価値がないとも思っていないらしいという気がしてきた。大事なのはこの何もしない休息の時間だった。たとえ叱られても私はこのひと時を愛した。

V

「アントン・チェーホフほど人生の平凡さの中にある悲劇的要素をはっきりと理解していた人はいない」とマクシム・ゴーリキーは断言した。確かに、小作農の平凡な人生をチェーホフほどはっきりと理解していた人はいなかった。チェーホフは短編で「そう、この人たちと暮らすのはたいへんだった。……骨の折れる仕事ばかりで、……助けはなく、助けを求める場所もなかった」と言っている。私の寝室の窓の外に広がるのはチェーホフの書いた一九世紀のロシアそのものではなかったが、両親や親戚、隣人たちからロシアやポーランド、リトアニアにあったユダヤ人居住区のことや、変化を求める権利も分別もない暮らしについてたくさん聞いていた。一九五〇年代のマリア・ストリートには変化の可能性があることさえ知る者はいなかったし、多くは希望をもつ資格がないように感じていた。私たちが受け継いだものはとてつもない貧しさ、無学な人たちの精神そのものの貧しさだった。私が受け継いだのは無学に苦しみ、ねたみや恐怖、猜疑《さいぎ》心をもちながら、人のいいなりになる家族や隣人たちだった。誰もが恨みを隠しもち、他の誰をも疑いの目で見ていた。自分より少しでも評価の高い者を腹立たしげに見下していた。私の心はそれ自体を軽蔑《けいべつ》し、私の心ができないこと、わからないことに対していつも謝ったり言い訳をしたりしていた。移民と小作農の論理は、ディスレクシアの考え方と同様に、生き残りのための戦略だった。

ディスレクシアは同じ苦しみをもつ人からも軽蔑され反感を買う。混乱と無能と強情さから逃れられず、たえず謝罪と説明に追われるという症状を呈している。これに打ち勝つには、「夜通し助けはなく、助けを求める場所もなく、骨の折れる仕事と痛みに」耐えねばならない。これはチェーホフが同じ短編で描いた小作農の暮らしだ。現代の科学とテクノロジーをもってしても、ディスレクシアの人は「生き残りのための戦略」をゆっくりと進めるしかない。チャーチル・スクールの生徒たちは、訓練を受けた面倒見の良い先生たちや専門的な課程のもたらす恩恵を受けているが、基本的には自分自身の力でこなしていたし、そのことを自覚していた。彼らは経験を通して、書き言葉や話し言葉の意味を即座に理解できないことを補う必要のあること、自分たちが受けている教育の質の高さときめ細かさにもかかわらず、自分たちがそれぞれの難しい状況に適応する方法を身につけなくてはならないことを自覚していた。世界中のどんな手助けや支援があってもレシピやマニュアルを読もうとするとき、外国語を学ぼうとするときのストレスは軽くならない。孤独の辛さが和らぐことはない。それを一番うまく表現したのはエマーソンだろう。「他と調和しないことが気にいらず、世界はきみを鞭打つ」。他と違う、距離を置くという不調和こそがディスレクシアだ。ディスレクシアは許しと寛大さを求め、独自の論理と独自の世界を作りだす障害だ。

私はわざと困らせたり、忘れたり、遅れたり、黙りこんだり、バカなふりをしたことは今まで一度もない。私がある考えを理解できないからといって、からかわれたい、先生を怒らせたい、クラスの授業を遅らせたりしたいと思ったことは一度もない。しかし、私のＬＤの結果としてそういうことがよく起こった。

トラブルは何より避けたかったのに、転校先の学校（そこでもう一度三年生をやらなければならなかった）で最初の数週間、自分がそれほど困ったことになった理由はさっぱりわからなかった。理由は私がけっして整理できない多くのことが絡まったものだったのだろう。

最初は誰も私が読めないこと、物事の習得に問題があることを知らなかったからディスレクシアが原因ではない。前の学校で何があったのか知る者もいなかった。

災難は、同い年の二人の子どもにランチ代をたかられるようになったときに始まった。金を払うかたたかれるかとなったら、ユダヤ人の子どもはみんな払うと二人は言った。この四年生か五年生のいじめっ子たちは、やせっぽちで年のわりに小柄な私の年のユダヤ人の子どもは殴り返してこないと思っていた。私が彼らを恐れないとも思っていなかった。まもなく私は放課後毎日一人二人とけんかするようになった。今日で自分は最後かもしれないと毎日不安だった。再び母を傷つけたくなかったが、ランチのお金を手渡すつもりもなかったし、ユダヤ人だからと目をつけられるのも嫌だった。一度、新しい担任が目の周りの青あざや顔の腫《は》れ、唇が切れていることについて聞いてきたが、家で虐待されていると思ったようで、私が黙っているとうなずいて行ってしまった。学校が私に関心を寄せたのはほとんどそれが最後で、また私はひとりでやっていくしかなくなった。

母は学校から帰ってきたときの私の様子に気がついていないようだった。体の大きな、年上の子どもとほぼ毎日、放課後の校庭でけんかをした。私が打ちのめされると他の子どもたちが喝采《かっさい》した。次の朝、私は校長室に呼ばれるだろうと覚悟して机についていた。一度、体育の教師になぜそんなにため息をつくのかと聞かれたことがあった。生垣《いけがき》のかげで泣いているところを用務員に見つかり、大丈夫かと声をかけられたこともあった。何かにつけ、ほとんどの子どもは私がいじめられるのを見ておもしろがっているようだった。自分の代わりに私がやられていると思って喜んだか、私が殴り返すとやっかいだと思ったかのいずれかだろう。状況はさらに悪くなり、私がしたこと（誰かに話しかけているところを先生に見つかったのだと思う）のためにクラス全員が放課後残されることになった。突然、みんなが私を放課後やっつけようとささやきだした。そしてそのとおりになった。三、四年生全員がドア全部をふさいだので私は学校から出られなかった。私はそのときにはもう「落ちこぼれクラス」にいたが、それが理由ではなかった。私は殴り返して、殴り返さない者を困らせていたが、それも理由ではなかった。

けんかは勇敢か臆病《おくびょう》かの、名誉の問題だと私は思っていた。私はストリートの掟《おきて》に従うストリートキッドだった。その掟が、私の知る唯一本物の教育と自尊心を授けてくれたし、家庭のいざこざや、後には私のディスレクシアが生み出す不安の緩衝材になった。原始的で基本的なその掟はわかりやすくてそれゆえ尊重すべきものだった。この最低賃金に甘んじる移民の世界では、信用と寛容は疑うべきもので、愛情は足手まといで、誰かの告げ口をする者はほんとうにいなかった。今でも、「ストリート」と呼ぶしかない気配を人の目に認めることができる。相手をまともに見ないこと、賞賛や愛情を口にしないこと、一般的な善が存在することをまったく期待したり信じたりしていないことがその証だ。どんなに教育を受け、どんなに成功してもこの気配を消すことはできない。どれほどセラピーを受けてもスピーチのこつやエチケットを身につけても、落ち着いた顔の下にある手に負えない不安をごまかすことはできない。ストリートキッドなら誰でも知っている、外にどんなにいやなことがあるとしても家の中で起こっているのはもっとずっと悲惨なのだと。たとえ容赦《ようしゃ》ないとしても、外の掟はわかりやすい、だからありがたかった。

けんかを選んだのは、私の心がストレスや恐怖と対抗する方法と関係があったと思う。けんかを売られると、憂うつになった。自分には味方もいないし何の策もない。殴り返すしかない。他の子どもたちはいじめっ子と交渉し、より大きな災難を避けるために金を払った。武器として理性と外交術を使っていた。侮辱《ぶじょく》されるたびに死ぬまで殴りあう必要はないと理解していたのだ。

ハーマン・メルヴィルは『ビリー・バッド』の中で、この崩壊の様子を迫力いっぱいに描いた。誤って背信行為と職務怠慢の罪で訴えられたビリーは哀れな目でヴィア将軍を見つめる。緊張のあまり何も言えず「舌が激しくけいれんし」、「言葉で弁明せよという命令にけんめいに従おうとしてもできない苦しみ」が増すばかりだ。彼の心には鍵がかかり、いつも「窒息しないようもがき」ながら恐怖を感じる。ビリーは言葉で自分を守れないので、その代わりに自分を苦しめるものを殴り殺し、軍法会議にかけられて絞首刑になる。ビリーは背信行為と隠匿《いんとく》の罪に甘んじることのできない、純粋で誠実な人間で、不名誉に耐えられない。そして我知らず、職務を遂行できなくなるか、狼狽《ろうばい》するか、支離滅裂になるかだ。

不名誉な扱いを受けたり戸惑いに直面したどのディスレクシアの人の心にも、同じ無意識の衝動、あるいはそれが形を変えたものが存在する。自分を守り、ふさわしい反応をするために何か言ったり行動したりできないために、宙を見つめ、ついには心身の耐えられないプレッシャーと思えるものから解き放たれようと何かをするに違いない。

崩壊は私のディスレクシアに直結していると今になってわかる。何が起こっているか感知できるが、それから自分を解放するために何の行動もできずにいる無力感の反映だ。すべての意識的な思考がばらばらになる。この感覚を詩に書いたことがある。

崩　壊

すべての記憶の層に　心が指紋を残すように
夢のすべてで　オーディションをしている

取るに足りない家族ドラマの　端役を決める
抽象的デザインの　細い線を歩かせて
習慣になった妄想　傷だらけで　否定されて　裸にされて

あっという間に起こる　きみの考えが耳を傾けたとたん
痛みが爆発し　その舌を何枚にも細切りにし
熱い意見がえんえんと続く

とつぜん　体の左側がけいれんし　笑い出す
きみは何も感じない　体は　いじょおにこおふんしても忘れる

おちつけ　もっとずっとおもしろいものをやってるぞ
おちつけ　ムーアさん　いとしのわがや　私は錆びの中にはにゃをつっこんだ
コンポスト　かいらく　洪水　こぶたがいぴきこぶたがにひき
いたいよ　いたーよ　できるのはそれだけ　かむさーま

あしゃいちばんぬわたしをおいたてる

これを書いたのは九〇年代の終わりで自分がディスレクシアだとは知らなかった。自分が経験した言葉と音の崩壊状態を、恐怖をやわらげるためにユーモアを使って描こうとした。心の中にはいじめられた記憶があったが、なぜ自分が恰好《かっこう》の標的になったのかわからなかった。いじめの幾分かはいじめられる側が無力感をもち、理性的に考える能力を使えなくなることによって成り立つ。だからいじめは人目につく場所で行われることが多い。いじめられる側にとって恥ずかしさやストレスが最大になるからだ。本当に残念なのはいじめの犠牲者が、ディスレクシアは間違いなくこちら側だが、自分たちの心の情報処理方法は弱さと関係なく、責められることではないと理解していないことだ。言い返せないのは彼らの落ち度ではないとわかっていないことだ。「筋肉が記憶している」というアスリートの言葉は類似した難しい状況に置かれたときに本能的に反応する身体能力を説明している。ディスレクシアの人の心は痛ましい出来事の記憶から自分を守ろうとする筋肉だ。もうこれ以上のストレスにはさらされないために自分を閉ざす。これは瞬時に、警告もなく起こる。

たたかれた後、女副校長が我が家に来た。母は最悪を恐れていたので、たたいた生徒の名前を聞かれたときにはほっとした。もちろん私は黙っていた。帰る前に副校長は、前の学校で勉強に問題はなかったかとたずねた。恥ずかしそうに、この子は覚えが悪いと母は答えた。副校長は私に関する書類をすでに読んでいたので、実際はその言葉以上だとわかっていただろう。母の弟は統合失調症で施設に入っていた。母の兄のジェイクはほとんど寝室を出ず、いつもみんなと戦っていた。母はこれ以上私のことを詳しく調べてもらいたくなかったのだろう。頭が悪くて怒りっぽくても頭がおかしいよりはまし、というわけだ。学校から課された補習以外に私のために援助を求めないと決めた母の、めちゃくちゃな論理と絶望は容易に想像できる。私たちは最悪を考えていた。私たちの白か黒かの世界では、考えることが同じだった。人は自慢する側か恥じる側かのどちらかだ、と。

VI

学校に戻った私はいじめっ子たちから放っておかれた。何年も後になってわかったことだが、私の父が、障害者手当で暮らしている、いじめっ子のボスの大酒のみの父親と話をつけたらしい。父が私のために動いてくれたことに大きな意味があったのだが、恐い思いをしながらけんかをする方が、ひとりぼっちで無視されているよりある意味よかった。突然、私は教室の中の特別学級に移された。上着掛けの近くのテーブルに他の二人の子と座って、大きな汚れた窓から、タールで葺《ふ》いた、煙突のある屋根や換気パイプや壊れた机や椅子、古いランチ用バケツの山を見つめていた。見捨てられた者たちにとっては似つかわしい絵だった。テーブルを共にする子のひとりは転校生ビリー・ソーンダーズだった。やせて背が低く、誰にも口で負けたことがないと自慢していた。私よりずっとけんかの数が多かった。ビリーは私を袋だたきにした全員について聞いていて、殴り返した私は栄誉賞に値すると思っていた。小隊のもうひとりはエミリーという名の少女で、嫌な臭いがして、いつも親指を吸っていた。思い切って言えば、エミリーは診断を受けていないかもしれないが自閉症かなにかで、人格というものが感じられず、自分の内面だけを見つめていた。エミリーは私の方を見ると何かもぐもぐ言い、自分の指をとんとんたたいて、私など見なかったように虚空《こくう》を見つめた。エミリーが笑うのを見たことがなかった。しばらくしてやっとエミリーのことがわかってきて、バカだと思うようになった。周りの生徒は私やビリーのことをそう思っていた。バカなことに程度の差はなく、見たところ、無彩色でみすぼらしい一枚の広い厚板のようだった。

一九五六年にはディスレクシアのことはあまり知られていなかった。ロチェスターのスラム街にある私たちの学校ではそうだった。多くの教師はすでに生徒の多さとさまざまな欲求不満に苦しんでいて、訓練を受けておらず消耗しきって、勉強のできる生徒とできない生徒を分けざるをえなかった。私たち勉強のできない生徒はほとんど放っておかれた。担任から本を一冊渡された記憶がある。「いいわね。絵を見て、読んでるふりをするのよ」と担任は言った。本当にそう言ったのか。プライドの高い教師が自分のクラスの生徒にそんなことを本当に言ったのだろうか。わが子の先生たちがとても一生懸命、献身的に働いている姿を見て、国じゅうのさまざまな学校を、三年生から六年生までを対象とする詩の教室を開くために訪問し、本当にやる気にあふれる先生たちに会って、あのときの先生の言葉が信じられなくなる。でも記憶ではそうなのだ。

私が子どものときの先生たちは、要求ばかり多くて感謝されないなか、ベストを尽くしていたのだろう。私やビリーやエミリーのような子どもは見て見ぬふりをすることになっていたのだろう。クラスの他の生徒に話しかけながら、我々には背中を向けていた。話を聞かせる価値がないというように。私たち三人は見捨てられているとみんな知っていた。見捨てられるというのは変な気分だ。机について同じ本を見ながら、自分の知能ではわからないと思われている会話が聞こえてくるのに聞いていないふりをする、他の人とも目が合わないように全集中力を使って絵を見つめるのだ。時々ビリーが私を笑わせようと机の下で足をける。私はしかめっ面をしたり退屈なふりをしたりすることもあるが、すべてお芝居だ。本当は、いっしょに勉強したい、私は話しかけるに値する生徒だと気づいてほしいと必死に願っていた。

ビリーは自分がこんな扱いを受けていることを気にしていないようだった。賞賛と受け取っているところもあった。耳で呼吸する方法とか排水管掃除に使うドラノとエプソム塩で爆竹を作る方法とか、他の生徒より私たちが物知りなのは明らかだったからだ。ビリーは人気の西部劇から名前をとって、自分をポンチョ・ザ・モラン、私を間抜け野郎シスコと名付けた。私たちは、三本指の握手、半分ささやき半分飲み込む単語の発音法、他に聞こえないように擬音《ぎおん》や口笛を使う喉音《こうおん》言葉を発明した。低能による低能のための発明だ。お互いに冗談で、お前の方がもっとバカだ、お前の親父の方が最悪だと言いあった。ビリーの父親は歯がなく、太り過ぎで、デュポンで夜勤の警備員をしていた。ビリーによるとプロの娼婦と暮らしていて、かけごとが強かった。その弟ロニーは私たちに女物の帽子と下着でショーをしてくれた。そしてフィンガー・レイクスで自分ほどセックスに詳しいものはいないと豪語し、若いオカマになってそれを証明した。いっしょに学校をさぼったり、レヴィの食料品店からスープ缶やスパゲティやモモやキャンディバーを盗んだり、チョウチョを捕まえて瓶に入れたり、父親の膨大なヌード雑誌のコレクションを見たりした。ビリーが私のどこを気にいったのかわからないが、私は彼の向こう見ずで冒険を何より好むところ、恐れを知らない虚勢ともいえる行動が素晴らしいと思った。彼は私の唯一の友だちだ。小学校から高校までで思い出せるのは彼だけだ。与えられた地位がたとえどんなに低く、いつお払い箱になるかわからなくても、それを選ばれたものに授けられた名誉として大事にするという彼の信念は私が今も高く評価しているものだ。それが私たちの地位だった。私たちの友情は戦場で生まれたものと同じで、生き残るため、親しくなるため、お互いを尊敬するために生まれた絆だったと思う。落ちこぼれテーブルは特権なのだというのが彼の姿勢だった。何年もたって、大学に入った後、ビリーが軍隊に入りベトナムで戦死したと聞いてとても悲しかった。

◇◆◇◆◇◆◇

高校に入る頃までにはほとんどの科目でBやCの成績がとれるくらいうまく読み取れるようになっていた。父とそのきょうだいたちは生まれつきのホラ吹きで、親戚の集まりのときには何とか自分が上をいこうと張り合っていた。だから私は成長するにつれてホラを吹く技術がわかるようになっていたし、ときには国語の授業に出てくる物語や小説がおもしろいと思えるまでになっていた。ただ、読むという行為が作り出す不安というスクリーンの上に、聞くという努力が余分にかかった。ふつうは自分が読んだ内容を紙に書いたり、先生に合格点をもらったりするだけのことはできた。先生たちに私の言語理解力を印象づけることさえあった。苦労して読んだものはちゃんと覚えていられた。また、大学一年のときに、自分に書く才能があることに気がついたので、文法とひとつひとつの文の統語法について時間をかけて勉強し始めた。生易しいことではなかった。私は目標を決めてがんばる方なので試験で合格点をとるために努力した。私は先生が授業中に話すことをほとんど聞かないので、ときにはテキストのかなりの部分を暗記しなければならないことがあった。私は意味を理解するのがとても遅いのでどんな講義も嫌いだった。息子は自分がどうして授業でこんな困ったことに遭遇するのか知っているので私の場合とまったく違う。私の場合は自分のディスレクシアのことを知らなくて疎外感と無力感を感じただけだった。知らないということはＬＤの中で最も悲惨な側面だろう。

高校に入るまで嫌いな科目（理科、数学、ラテン語など）を何とかして避けようとしたが、高校に入る頃には、避けていては大学に行けないとわかった。高校時代のほとんどは、その頃の他のこと同様、ぼんやりしているが、何とか高校を卒業して大学に行こうと思っていたことだけは確かだ。その他の選択肢は恐くて考えられなったのだろう。高校二年のときにはロチェスターを出てひとり暮らしすることを強く希望していた。たとえいつも本を読まなくてはならないとしても、伯父《おじ》のジェイクのような暮らしよりはましだった。伯父はキッチンから離れた小さな部屋に住み、警察ラジオを聞きながらカーテンを開けたり閉めたりしていた。母のようにデパートに勤めて書類をファイルするのもいやだった。父は私が大学に行くことに何の関心も示さなかったが、父の苦労を見ていると教育を受けることでしか道は開けないと確信した。私が勉強に専念できるように、母は近所の子どもを雇って私がしていた雑用をさせた。達成感とそれがもたらした重みを私は覚えている。いろいろあったにもかかわらず、母は私を信頼し、きっと何かを成し遂げると思っていてくれた。

母の信頼以上に私には自分の価値を信じる気持ちがあった。このいざこざが果てしなく続く小さな田舎を出て何かをやり遂げるのだという、まだ生まれたばかりの信念が私にはあった。合格点をとれるくらいには何とか読めるようになり、その褒美《ほうび》として美術コースを楽しんだ。高校生漫画家となり雑誌に詩や物語を書いた。小さな成功の積み重ねが私には大きな自信になった。友だちはほとんどいなかった。週末は映画に行ったり、絵を描いたり、父の店を手伝ったりした。それから、高校二年生のいつ頃か本と恋に落ちた。読書ではなく、本そのものが大好きになった。そのときは区別がつかなかったが、突然（一晩のうちにだと思う）私は語り手の世界の大きさに気がついた。私の世界よりずっと大きかった。そして、登場人物たちが奮闘の末、自分の限界に気づく様子を知って本が大好きになった。確かにディスレクシアのために読むのは遅かったが、感情をバネにして、本が与えてくれる、より大きく豊かな世界を想像するのはやめられなかった。

最初に好きになった本はウォーカー・パーシーの『映画狂時代』だった。一五歳のとき、隣の美容院で髪をセットしてもらう母を待ちながら、雑貨屋で拾い読みした。毎週木曜日、母はそこへ通っていた。なぜ母と一緒に行ったのか、レジの近くのくるくる回るブックスタンドの本を見ながら何をしていたのかわからなかったが、裏表紙の紹介文を読んだときの興奮は忘れない。全米フィクション賞が何なのかは知らなかった。それまで国語の授業で読む以外に自分で小説を手に取ったことがあったかどうか思い出せない。しかし私は紹介文を何度も何度も読んだ。

『映画狂時代』は、死やそこに至る必然性を述べるというよりも暗示する。真実を語るこの小説は、すべての、あるいはほとんどすべてのアメリカ人の記憶をゆさぶり、懐かしさでつき動かす。パーシー氏は感傷的な言葉や世慣れたマンネリズムを排し、思いやりをもって、惰性で生きるのはやめようとする人々を悩ます錯覚と幻覚、白昼夢、夢をつぶさに観察する。

ルイス・ガンネット、ハーバート・ゴールド、ジーン・スタフォード選考

一九六二年　全米フィクション賞

どうしてこの一節がそれほど魅力的だと思ったのかさっぱりわからないが、自分のことをそんなふうに話してくれる相手が欲しいと強く思っていたことは確かだ。選考委員たちが著者をパーシー氏と呼ぶところが印象的だったのは疑いがない。彼の著作に対する敬意があまりに大きかったので選考委員たちは彼のファーストネームを使わず、パーシー氏と呼んでいた。私には「記憶をゆさぶり、懐かしさでつき動かす」、「世慣れたマンネリズム」という文

句の意味はわからなかったが、この作者はこれほどの称賛を受けるものを書いたのだということに感銘を受けた。人々の錯覚や幻覚、白昼夢のような深刻な事柄について書くときは「真実を語る」のがよく、「惰性で生きるのをやめる」ことは大事で、ずっと重要であるとわかった。

これが私の最初に出会ったレトリックであり、最初に出会った説得力のある文学的描写だった。どれほど価値があるかわからなかったが、私はその本を買った。私が自分の意思で買った最初の本だった。そして母がいる美容院の外で立って読み始めた。晩秋で寒く、光は弱まり、手は震えていたが、私は夢中で読んでいた。こんなことは初めてだった。本を読みたいという気持ちの方が読むことによって起こる不安より大きかった。

読んでいるものから心がそれたときはいつも、読めないままに、一足飛びに語り手の声の中にある興奮に入っていかなければならない。本能的、情緒的に読むとはそういうことだ。今日でも読むという行為は骨が折れることに変わりない。

これは私が一人称を使う仮面の語り手の存在を知った最初であり、文字になった誰かの声を仮面の語り手が伝えるという、分離した存在様式に魅了された最初だった。パーシー自身を思わせる、自己言及的で紳士然とした語り手兼主人公ビンクス・ボリングは、直接私に、彼のまたいとこ、深く落胆した恋人ケイトへの愛について語りかけてきた。彼の話のうまさに、まるで自分が今までずっと探していた友を見つけたような気がして、自分がひとりでないと感じられた。そして、ビンクスの正直で、飾らない自己評価が自分のもののように思えた。自信のなさ、理想の誰かに自分をゆだねてしまおうとするところが、疲れ果てた私の自意識とぴったりだった。私は読んでいるのではなく、自分の頭の中の声、自分が作ったファンタジーの登場人物の声を聞いている気がした。私はこの小説を二晩と三日で読みとおした。何に関する小説か、パーシー氏が私に何を言いたいのか正確にはわからなかったが、想像力と本能と、書き言葉を理解する感受性を使って、情緒的に読んだ。何という言葉だろう。

以前は不可能と思えた、読むというプロセスを私は楽しんでいた。

Ⅶ

サンフランシスコの大学に通っていた二〇歳のころ、あるセラピストが「頭がいいのは確かなのだから、きっと何かを簡単に身につけられるはずだ」と私に言った。私は今でも一語一語の重みと味わいを覚えている。「頭が」「いいのは」「確かだから」。

私の頭のよさだって？

そのとき、私は屋根裏部屋に住み、部屋代と食費をまけてもらう代わりに時々自閉症の少年の世話をしていた。文芸クラスの二人の教授の助手をしながら大学のカフェテリアで食器を片づけるアルバイトもしていた。落ちこぼれクラスにいたという自己イメージを克服したくて私はがんばっていた。読めるようになったのと同じ方法で、どうにかして作家になろう、立派な作家になろう、と自分に言い聞かせていた。慎重で頑固《がんこ》で、決意が固く、たぶん頭が少しおかしかったのだろう。そうでなければ、こんな小さなことからそんな大きな望みを抱いたりしない。そうでなければ、「まっしぐらに進むか、それともまったく行かないかだ」というビリーの金言に従って、勝算を無視していかさまゲームに臨んだりしない。自分は頭がいいなんて、それまで一度も思ったことがなかったのだから。

アイオワ大学の大学院生だったときに、私は必要な言語学の単位を落として学位を取れないのではないかと心配した。そこで、学部生のときに取った古期および中期英語で勘弁してもらってそのクラスに出るのをやめようと考えた。定年間際の寛大な教授は素晴らしい皮肉屋だったが（不思議なことにこの教授の講義は朝の八時半に始まり、時々教授は「いくら私の就寝が遅いといってもこれほどではない」とあてこすりを言っていた）、研究室で私の身勝手なお願いを聞いてにっこり笑った。それまで何回も私の議論を聞いたことがあったので、私の訴えをさえぎって、教授は突然、音素とは何かとたずねた。「言語学が要らないというのなら、きっと音素が何かわかっているからだろう、シュルツ君」

高校ではラテン語を二度落とし、大学ではフランス語で二年間続けてCを何とか取ったが、テキストを暗記しただけで、講義に出たことはなかった。ドイツ語は学期の途中でやめた。

古期および中期英語のクラスは才能ある教授が朗読する素晴らしい詩が大いに気に入り、暗唱するのが苦にならなかったから合格したに過ぎない。それに論理学も単位を取った。教授の質問に不安にならなかったら、私は音素について考えをまとめ、教授を満足させる正解を出せただろう、そして教授は私の願いを聞いて言語学の単位を免除してくれただろう。答えられないのは私の頭が悪いからであり、教授はそれを実証しようとしたのだと私は思った。教授が免除を申し出る前に私は研究室から走り去った。教授は後に、「作家にとって言語学が大切なものだと知ってもらいたかっただけだ」と説明していた。

その後、ディスレクシアの人にとって外国語は特に難しいと私は知ることになる。ディスレクシアの人が外国語を学ぶのは虐待のひとつだと信じる専門家がたくさんいるが、私にとっては、言語学そのものが外国語であり、二度落としたラテン語と同じく骨の折れる、ストレスの多いものだった。国際ディスレクシア協会によると、外国語教師は学習上の必要を見極めて対処したり、必要な措置を講じたりする訓練を受けていない。LL教室での授業や音声テープを使ったり、口頭でのコミュニケーションを中心に据えたり、コンピュータを補助的に使ったりする授業はみな普通の学習者向けであり、「リスクのある学習者にとっては有害なもの」なのだ。リスクのある学習者は、より「体系的で構造化された、多感覚を使う方法」を必要としている。

今になれば外国語の授業のペースについていけなかったのが私の知能のせいではないとわかるし、呼ばれたときにすぐ反応できなかったり、「母語とほとんどあるいはまったく似ていない音や音素をもつ単語をくりかえすことができなかったりする」理由もわかる。国際ディスレクシア協会が説明している通りだ。誰かがフランス語を話しているのをテープで聞くのは拷問《ごうもん》だった。私はただの一語も聞きとれなかったし、言い回しもわからなかった。また、どんな状況でも文法的なルールを理解して応用することができなかったし、スペルの法則も認識できなかった。実際に私は音素が何か知っていた。すべての話し言葉や書き言葉の基本となる要素で、四四の基本音素の組合せでできていて、シェークスピア、ダンテ、エミリー・ディキンソンはそれを魔法のように使った。私がわからなかったのは、どこで私のディスレクシアが止まり奇妙な感情的問題が始まるかだった。意味のつかめないことを誰かに聞かれるたびに部屋を逃げ出していたら、学位を取れなかっただろうし、職にも就けず、少しばかりの自尊心ももてなかっただろう。

五人にひとりの子どもが何らかのディスレクシアの症状に苦しみ、何百万の子どもがそれぞれの学年レベルで読むことに苦労している。神経科学者でイェール大学の小児科の教授であり、わかりやすくて役に立つ「Overcoming Dyslexia」という本の著者でもあるサリー・シェイウィッツ博士は、私たちは話す方法を知った状態でこの世界に生まれるが、読むことは獲得行動、つまり「意識レベルで習得しなければならない発明品」であると説明している。読むことを難しくしているのは話すことの自然さであり、読む人は「ページの印字を言語の記号、つまり音声記号に変換しなければならない。それができなければ、文字は認識できない、つまり意味のない汚れのままである。言語学者レナード・ブルームフェルドは「書くことは言語ではなく、言語を目に見えるよう記録する方法にすぎない」と表現した。私たちが書き言葉をもって五千年だが、話し言葉は五万年にわたって進化してきた。言語を書くには学習者でさえも労苦と練習と決意を必要とする。

ディスレクシアの人が外国語を学ぶときに出会う困難について述べながら、シェイウィッツ博士は「絶え間なくつきまとう困難は、その学生がディスレクシアかもしれないという重要な手がかりをくれる」、「発音記号をマスターせずに読みを上達させるには、やみくもな暗記に頼らなければならない」と言う。やみくもな暗記とは私がラテン語とフランス語に合格した方法であり、覚えたことをすぐに忘れてしまったけれども何とか卒業までこぎつけた方法である。「子どもや大人がディスレクシアであるかどうかの最後の決め手は似ている。苦しいと言っているかどうかだ。ディスレクシアは苦しみを与える。自尊心に大きな打撃を与える。小学校の子どもなら、学校に行きたがらなかったり、不機嫌になったりするだろう。あるいは『ぼくは落ちこぼれだ』とか『いじめられている』と言うだろう」、「一方、思春期は恥ずかしいという気持ちを募らせ、自分は読めないという問題を隠そうと、学校を避けて一生懸命働く。あるいは学校では宿題を忘れたふりをしたり、教室で音読しないための工作をしたりする。大人は自分には価値があるという感覚を長年にわたってもてず、深い苦悩や悲しみを変わることなく抱いている」とシェイウィッツ博士は言う。

これを最初に読んだとき、私は感動して泣いた。すでに実体験として知っていたが、それを読んで（読むことができて）自分のディスレクシアを新しい、科学的な角度から見られるようになった。これで世界が変わった。苦しみはいつもそこにあり、表面近くで、今にも屈辱的で恥ずべき記憶として姿を現しそうだが、私はそれが自分の知能の問題ではないと知っている。言葉を解読しようと苦しんでいるすべての子どもや大人にとっても知能の問題ではない。神経学と科学と痛みの問題である。人の自己像はとても壊れやすく、個人的なものだ。とても個人的なレベル、自己有用感のレベルでは、ディスレクシアの人は誰も自分を受け入れられず、悔しい思いをしてきた。時がたてば、対処してわかってもらえるだろうが、癒えることはない。私の落ちこぼれという自己像は神経学的、言語学的、音声学的に私という存在の核に組み込まれている。それが私の発音記号だ。読むときはこのイメージがついて回り、ひとつひとつの単語、ひとつひとつの音素を解釈する。作家としての私の野望がこのイメージを打破することなら、それは失敗に終わるだろう。

Ⅷ

父の姪《めい》が私の通う学校で臨時教員をしていたので、親戚はみんな、私が学習上の問題を抱えていることを知っているようだった。私がこれに気がついたのは新しい学校に移って一年目で、過ぎ越しの祭り（出エジプトを記念するユダヤ人の祝い）の晩餐《ばんさん》に伯母《おば》さんの家に行ったときだった。テーブルについている中で一番年少だったので、私はヘブライ語で典礼書を読むように言われ、これにはびっくりした。私がヘブライ語を読めず、英語パートを読んでいることをそこにいるみんなに知られて、それだけでも不安になっていたからだ。私が断ると、四歳年上のいとこ（いじめの術を喜んで練習し、その術にたけている）が、それは「落ちこぼれクラス」にいて英語を読めないからかとたずねてきた。そのいとこはいつも隠れて私を侮辱《ぶじょく》していた。私は反論できなくて、両手を見た。「君のお父さんは、息子はとても頭がいい、と誰にでも言っているよ。天才が落ちこぼれといっしょに何してるんだい」

父はよくうそをついた。父の自動販売機を置いている人はみな我が家は郊外に住み、息子は私立学校に行っていると信じていた。父が私たちのために想像した世界と現実の世界との差は父のきょうだいの間ではおなじみの笑い話だった。叔父叔母《おじおば》たちは何とか郊外にりっぱな家をもっていたのだから。そして今、私が父のうその見本になっていた。みんなは私が何か言い返すのを待っているようだったが、私に何が言えただろう。その通りなのだから。私は英語ができないのと同じ理由でヘブライ語ができなかった。ヘブライ語を知らないのはもっと悪い気持ちがした。私や両親の目にだけでなく神の目にも怠慢《たいまん》に映ったのだ。だから両親は自分の手を見つめながら座っていて、私をかばうこともしなかったのだろう。いじめやからかいを受けてもおかしくない。聖書の言葉を理解することはユダヤ人としての、文明と同じくらい古い歴史をもつ民族の一員としても義務だった。しかし、私はそういう言葉も思いつかず、また逃げ出した。今度は吹雪の中へ、自分のコートを探すことも考えずに。雪は膝まであった。雪かきされていない道の真ん中を苦労して進みながら、ヘブライ語が読めるとはどういう気分なのか想像しようとした。過ぎ越しの祭りの歌は音訳を暗記し、いくつかそらんじていたが、それを声に出して読めなかったために私は自分の中で疎外感をもった。私は無知の奴隷になった気がした。その日が過ぎ越しの祭り、束縛《そくばく》からの自由を民族が追求したことを記念する日だったというのはふさわしいと思った。無知は束縛の一形態だから。ユダヤ人になるにはバカすぎると見られていることに耐えられなかった。手足の感覚がなくなるまで歩いた。父の車が横に来て後部座席に乗った。窓越しに広く無慈悲な白い世界を見つめていた。その世界の謎はすべて、私の理解できない言語で書かれていた。

私はユダヤ教の、大きな抵抗にもかかわらず何千年も受け継がれてきた、偉大な伝統や儀式、古くからの独創的な考え方、文化を理解する方法、賞賛や祝福に表れる無類の強さを敬愛している。ユダヤ教を支える法や教えの重要性を私は認めている。ひとりの人間として、作家として、ユダヤ人であることは私のアイデンティティの少なからぬ部分を占めている。しかし、仲間のユダヤ人たちと祈りの場にいるときほど自分だけがひとりぼっちで孤立していると感じることはない。そこに集まっている人たちはヘブライ語を読んだり話したりしていて、同席すると必ず私は劣等感やとまどいを感じるのだ。

上の息子がバル・ミツバ（ユダヤ教で行われる一三歳の男子の宗教上の成人式）を受け、下の息子もバル・ミツバを受けようとしている礼拝堂のラビ（ユダヤ教の宗教的指導者）、シェルドン・ジンマーマンが最近私にしみじみと、あなたの書いたものには深い精神性があります、と言った。私は文化的歴史的文脈でユダヤ人であることについて書いたが（『Living in the Past』でバル・ミツバを迎えるまでの少年の一年間を自伝的な詩の連作として書いた）、どんな儀礼的な意味でも信仰心は篤《あつ》くないし、自分のことを意識的に精神性の観点やユダヤ人的視点から描いてもいない。フィクションを書くときは、ベロウ、マラマッド、バーベリ、ロスのようなユダヤ人作家の影響を深く受けているが、自分のことを「ユダヤ人」作家と思ったことはない。

ラビ・ジンマーマンは、私がこのようなことを言うとほほ笑んだ。長男がバル・ミツバを受けるまでの数年を除けば、私が礼拝堂に来るのは大祭日（ユダヤ教の新年と贖罪《しょくざい》の日）だけだ、その日は素晴らしい言葉と祈りの音楽、才能に恵まれた先詠者の歌を聞きに来るのだとラビは知っている。妻以外の誰にも言ったことがないのでラビの知らないこともある。見知らぬ人たちであふれる部屋に一歩足を踏み入れたとき、私はまず絶対的な恐怖を感じる。でもその日は礼拝堂に向かう。それがユダヤ教の重要な儀式だということを考え合わせると私の不安は耐えられないものになる。本当はほとんど何も知らないのに知っているふりをしなければならない感じだ。数年にわたって何度もユダヤ教について学ぼうとした。そして、自分が思うより多くのことを知っているとは思うが、私には何の力にもならない。自分の宗教について学べば学ぶほど、自分が無知で似つかわしくないと思い知る。生まれてこのかたずっと苦しんできた矛盾だ。礼拝堂へ行くのは、行かないと気分が悪いからだ。大学のとき、大学院生のとき、寂しさからかホームシックからか、二、三度、過ぎ越しの祭りに参加したが、私が礼拝堂にきまって通うようになったのは結婚してからだ。妻と私は子どもたちがバル・ミツバを受けられるように礼拝堂に通った。そうすれば、子どもたちがバル・ミツバを期にどう信仰とつき合うか決められると思ったのだ。一般的に子どもがユダヤ教徒になることは難しいことではない。私の場合、自分がユダヤ教徒になることよりも自分の子どもがユダヤ教徒になることの方が葛藤《かっとう》が少なかった。

なぜ自分がこの忠誠心と献身の世界の一員だと感じられないのか今ならわかる。多くの人が知っていることを自分は知らず、その言語そのものと同じくらい古いと感じられる激しさで自分を嫌悪しながら、無知ゆえに孤立して、多勢に囲まれてその場にいなければならないからだ。

ユダヤ教はほとんど完全に言語によって、ユダヤ人の歴史ある美しい言語によって、構成された世界だ。現代のシナゴーグ（ユダヤ教の会堂）は改変され、それゆえユダヤ教の法や教義を固守する姿勢は以前ほどではないが、それは大したことではない。ユダヤ教は、民族の法と忠誠心と学問の歴史に対する情熱の世界であり、すべてはこのまぎれもない情熱によって作り出された言語で記録されている。それは知性の中心に直接由来する言語であり、その言語に固有の音楽に翻訳され、暗号化されている。民族の苦しみに意味を与えるためにその苦しみを理解しようとする、どこまでも謎めいて美しい音楽で暗号化されている。

ある贖罪《しょくざい》の日、大祭日には二千人近い人を収容できるテントで、私は祈祷《きとう》書を持つ人の列の最後について、自分がその一員であることに一度も疑いをもったことのない人のように読み歌うふりをしていた。私はマンハッタンの世俗的な男女でいっぱいのテントの中に立っている五〇男であり、天井の剥《は》げたユダヤ教会のバルコニーに祖母や年老いた移民とともに座っている一〇歳の少年でもあった。年老いた移民たちは片言の英語も祖先の言葉のひとつも話せなかったが、差別され無学であるにもかかわらず、礼拝に参加していた。世界の歴史の中で、そこだけが自分たちを受け入れ、我が家のように感じられる場所だと知っていたからだ。私の父と母はけっしてシナゴーグには足を向けなかった。私はあまりに幼くて、信心深く信仰において地位の高い男たち、私自身これほどの信仰をもつことはけっしてないだろうと思われる男たちにまじってひとりで階下に座っていられなかった。贖罪の日の前日、音楽と、贖罪と神への敬虔《けいけん》の念が人々を魅了し、それゆえ素晴らしい礼拝の夕べに、男たち女たちは自分たちだけが聞くことのできる音楽の方へ身を傾け、目を閉じて天井に顔を向けていた。そんな大人たちに囲まれて私は、あぁ祈祷書が読めたら、あぁ自分の舌でヘブライ語を味わえたらと狂おしいほど願った。

その夜遅く、次の詩を書いた。きっとこの詩を読んだからラビ・ジンマーマンは私にあのように言ったのだろう。

贖罪の日

あなたは求められる
立って　頭を下げ
あなたの及ぼした害について考えよ
出し惜しんだ敬意について
誤った怒りと広げてしまった恐れについて
図らずも表に出た熱意について
威厳とこまやかな感情に満ちた礼拝の中で考えよ
冷淡で、残酷で、頑固で、喜びのないすべての罪について
苦悩を文字にして考えよ
そうすれば許される、と。

あなたは求められる

神の意思の輝きと
自分の言葉と、心にある数々の
記憶の清らかさを信じよ、と。
ある日ある晩
心の差し出す信頼と崇敬をおおいに楽しめるよう
肉体を飢えさせよ、と。

過去を許し
死者を思い出し
心の中の砂漠の向こうにある
エルサレムを見つめよ、と。

聖なるものと通俗なるものを見極め
砂漠の砂、天の星のように多くあれ、と。

自分と人に何をしようとも
朝は訪れ　夜の山は薄れゆくと信じよ、と。

この貴い瞬間のために
人生の無条件の楽しさを信じよ、と。
頭を下げ
立ったまま
アーメンと唱えよと、あなたは求められる。

この詩の語り手はこの日の意味と謎を理解しており、自分がその一員であることを少しも疑っていない。彼はその場所とその儀式の一部であり、自分の人生の楽しさを知っている。儀式の美しい音楽にうっとりした私は偽りの語り手を作り上げ、もろもろの不安の下で感じていたことを表現する資格を与えたのだ。部外者でない人、そこにいる資格のある人を作り上げたのだ。その詩が彼らのシナゴーグで贖罪の日に読まれると知らせてきた人もいる。ラビ・ジンマーマンは今年の贖罪の日に自分たちのシナゴーグで読んでくれと頼んできた。その夜遅く、イスラエルの友人はエルサレムの保守派ユダヤ教徒の集会でそこのラビがこの詩を読んだと書いてきた。友人の保守派シナゴーグでは三〇〇人の参加者のうち三分の一しか英語を解さないので、詩はヘブライ語に翻訳されたが、ラビはその詩はもともとヘブライ語で書かれていたかどうか知りたがっているという。まるでもともとヘブライ語で書かれたもののように感じたというのだ。もちろんこれは大いなる皮肉だが、大いなる満足と喜びでもある。私の作り上げた語り手は自分に信仰をもつ資格があるだけでなくヘブライ語が話せて、エルサレムのいたるところで、この最も神聖な日に、悲しみと心ゆさぶる歓喜をこめて歌うことができるとイスラエルのラビに思わせたのだ。

IX

イスラエルの偉大な詩人、イェフダ・アミハイがかつて私にこう言った、私の魂は彼の魂より古びて、よりユダヤ人らしいが、私ほど聖書とユダヤ教徒であることについて知らない人には会ったことがない、と。そんな人間が魂の重荷に苦しんでいることをふたりで笑ったものだ。これは古代の純粋な魂を、それを理解できない人間に与えようという神のいたずらか。それともアイザック・バシェヴィ・シンガーかシャロム・アレイヘムの考えたことか。

イェフダは生涯ユダヤ人とともに生きた。ドイツで生まれたが、一三歳のときまだ国家になる前のイスラエルに移り、それ以来ずっとイスラエルで暮らした。イェフダが私のような人種に会ったことがないと言ったことは、どこかうれしくもあり、困ったなという気にもなった。なぜ私が彼のように民族について研究しようとしないのか彼には理解できなかった。自分にもわからないのだから私には説明のしようもなかった。

彼は何度となく私にヘブライ語の単語を教えようとした。辛抱強く親切な先生で、あの素晴らしい声でイントネーションをきかせ、シラブルごとにゆっくりと完璧に発音した。しかし効果はなかった。私は彼の出す音を再生できなかったし、彼ががんばって教えようとした単語さえ覚えることができなかった。ヘブライ学校での失敗の記憶にどれくらいとらわれていたのかわからないが、彼の発音を繰り返そうとするたびに私の心は閉じてしまい、エコーが聞こえるばかりだった。彼は私に、私の古代の言葉について何かを知ってもらいたいと思い、それを知れば、女性を好きになるようにその音楽に恋するだろうと思っていた。そのような先達《せんだつ》を得て私は幸運だった。その後、私は彼の助けを借りてユダヤ教と聖書についてずっと多くを学ぶことになった。しかし私がヘブライ語を知らないままきたのは学ぼうとしなかったからではないと説明できなかったことを今も悔いている。欲求不満が高じてあたかもヘブライ語を話しているふりをしたり、実際にヘブライ語を話しているように見えるようきつい喉音《こうおん》を出したりしたこともあった。イェフダや妻のハナ、彼らの子どものロン、デイヴィッド、エマニュエラには大笑いされたが、私には笑いごとではなかった。自分の失意や欲求不満や恥ずかしさを隠そうとしていたのだ。

次はイェフダの書いた一冊の本のように長い詩『開いて　閉じて　開いて』の一部だ。アメリカで翻訳され出版された最後の詩集だ。

7 （「イスラエルへの旅――他者たることこそすべて、他者たることは愛」）

子どもの頃に学んだ学校のそばを過ぎるとき
自分の心に言う　ここで学んだこと、学ばなかったことのうち
私はずっと　学ばなかったことの方を愛し続けてきた　報われることはなかったが。
私は多くのことを知っている
正邪の区別を知っている
花の咲かせ方、葉の形、根の仕組み、害虫、寄生虫のことならなんでも知っている。
今も正邪の区別を学んでいる　これからも　たぶん死ぬまで続けるだろう。
校舎の近くに立った。ここが学んだ教室だ。

窓はいつも未来に開かれていたが　無邪気にも　外に見えるのは
ただの景色と思っていた。
校庭は狭く　大きな石が敷きつめてあった。
ぐらぐらする階段の近くで
ふたりで少し騒いだことを思い出す
それはすてきな初恋の始まりだった。
それは私たちを超えて生きる。まるで博物館の中でのように
エルサレムのすべてのものがそうするように。

「私はずっと　学ばなかったことの方を愛し続けてきた　報われることはなかったが」無知に勝るこの喜びの勝利を私が達成できていたらどんなにいいだろう。イェフダは深い感情を直接表せる偉大な詩人だが、含意と暗喩《あんゆ》の芸術家でもあった。彼は自分が学ばなかった具体的な事柄について詩で語るだけでなく、私たちが知ることのできない人生のより大きな謎についても語っている。正邪、未来にあるもの、失うことの苦しみ、死、愛がもたらす特別

な秘密の知識について語っている。英語版では音楽に感情がこもり、徐々に強まっていくが、それが元の現代ヘブライ語ではどう響いていたのか私には想像することすらできない。これは傷のように、ともに生きていかければならない無念さだ。

◇◆◇◆◇◆◇

彼とエルサレムに滞在したとき、ヤド・ヴァシェムのホロコースト記念館を訪れた。ドイツ軍の死のキャンプで殺された子どもたちについて詳細を語るさまざまな言語のテープを聞いていると、私はどうしようもなくヘブライ語で理解したいと思った。アウシュビッツで殺されたポーランド人の子どもについての展示の前では、その思いに圧倒され、熱い太陽のもとに走り出たほどだ。確かに、私が逃げ出したのは、残虐《ざんぎゃく》の歴史が徹底的に記録されている場所にいることで悲しくなったからというのもあるが、このポーランド人の子どもについて詳しく理解できないという苛立《いらだ》ちの直接的な結果でもあった。イェフダが私を見つけてくれ、ふたり一緒にバルコニーで美しいエルサレムの丘を眺めた。イェフダが腕を取ってくれ、ふたり、畏怖《いふ》と悲しみにつつまれて何も言わず立ち尽くしていた。

「フィリップ、大丈夫か」

何も言えず、私はうなずいた。その緊張した様子に彼は警戒した。自分が何を感じていたのかはっきり覚えてはいないが、この悲しみは真実の、本来の言葉でしか理解できない、だからその言葉を知らない私は追放の刑を受けているのと同じだと強く思ったことは間違いない。ヘブライ語を覚えられないのは私のディスレクシアが関係しているとその時わかっていたらよかったのにと思う。イェフダにそれを説明できたら大いに違っていただろうと思うが、説明しなくても彼はわかってくれたと思う。悲しみは私たちの友情の本質的な部分であり、アイロニーの感覚を共有したり、強く望んでも身につけられない事柄さえ祝福したいという希望を共有するように悲しみも共有していた。やっと私は、アウシュビッツで死んだ子どもについて何と言っていたかたずね、彼の答えを聞いてふたりで泣いた。この地とその永遠と美しさを力強く歌い上げる彼のそばに立ち、少なくともこの一瞬だけは、私の魂は古代の、ユダヤ人のものであり、ここが故郷だと感じた。

X

私は自分の人生の多くをおもに心理学用語で理解していた。学校時代に私が抱えていた問題は移民家族の失望の結果だった。つまり、私は無学な人たちの世界と低い自尊心の産物であり、ある程度は、犠牲者だった。私の自己認識は長年にわたる心理療法と自己分析と、詩を書くために必要な内省によって形づくられた。今では、私のディスレクシアが生い立ちと同じくらい、詩人や創作の教師としての私に大きな役割を果たしていたとわかる。まるで自分自身に初めて出会った気分だ。

七〇年代中ごろに最初に大学で教え始めた頃、私の受けもつ詩と創作の学生のほとんどすべてが、日記や日誌、手紙を書くときに、同じ自叙体の「私」を使っていることに気がついた。語り手は学生たちの代役であり、彼らの人格とまったく、あるいはほとんど距離がなかった。サリンジャーやフィリップ・ロス、チェーホフのような作家は（自分とは違う態度や葛藤をもつ）作られた語り手を使ったということを一度理解すると、彼らの作品が驚くほどよくなった。ホールデン・コールフィールド、ハック・フィン、ヘミングウェイのジェイク・バーンズは作者から距離をもち、そのため作者たちは物語の中ではこれらの人格を役者として見ることができた。詩ではこれほど顕著ではないが、同じ原理が働く。つまり、詩における「私」は詩人その人ではなく、その人格そのものの見方、距離、共感をもつ、作られた人格あるいは役割である。そして、その人格あるいは役割は詩人によって変わることが多い。

ロバート・フロストの有名な詩『雪の夕べに森のそばに立つ』（安藤一郎訳『世界詩人全集第一二巻　ディキンソン・フロスト・サンドバーグ詩集』一六三頁、新潮社、一九六八年）で、語り手は「この森の所有者はだれか、わたしにはわかっている」と始める。フロストが自分の声ではなく、優れた焦点距離調整機能と詳しい知識をもつ人格を使って場面を立ち上げ、押韻や韻律を巧みに使って物語を進めているのは明らかだ。「わたしの小さな馬は不審に思っているに相違ない、森と凍った湖のあいだ／近くに農家もないところに立ち止まるのを」と語り手が進めるとき、場所を描写しているだけではなく、入念に作られた語り手を読む者が認識し、その切羽詰まった様子を信じるように、「私」の人格を明らかにしていく。

森は美しく、暗くて深い。
だが、わたしには約束の仕事がある。
眠るまでにはまだ幾マイルか行かねばならぬ。
眠るまでにはまだ幾マイルか行かねばならぬ。

その音楽と素晴らしい簡潔さが魔法をかけている。しかし、もっとも記憶に残るのは語り手の説得力のある率直さと巧みな技術だ。

もっとも説得力のある語り手はその行動指針や態度が自分とはまったく違う人物だとわかったとき、私は自分の好きな作家から語り手を「借り」始めた。ソール・ベロウの小説『オーギー・マーチの冒険』（渋谷雄三郎訳、上巻五頁、早川書房、一九八一年）の有名な書き出しはそのよい例だ。「ぼくはシカゴ生まれのアメリカ人だ——あの黒い、くすんだ都市シカゴ。自然に身につけた無手勝流、自由型で物事にぶつかって行く。きっと新記録樹立だ——ぼくなりの新記録だが。先着順、たたけよ、さらば開かれん」これがメルヴィルの『白鯨』（八木敏雄訳、上巻五五頁、岩波文庫、二〇〇四年）のイシュメールともよく似ていると気づくまで、これはベロウ自身の声だとずっと思っていた。『白鯨』はこう始まる「わたしを『イシュメール』と呼んでもらおう。何年かまえ――正確に何年まえかはどうでもよい――財布がほとんど底をつき、陸《おか》にはかくべつ興味をひくものもなかったので、ちょっとばかり船に乗って水の世界を見物してこようかと思った。……こころに冷たい一一月の霧雨《きりさめ》がふるとき……」一世紀近くも時を隔てて書かれているのに、大いなる活気と知性を備えた規格外の個性をもつ、率直で高潔な語り手たちは、申し分なくそれぞれの物語にふさわしいが、それだけではない。否定できないほどよく似ているのだ。そう、メルヴィルには自分の聖書があったようにベロウは自分のメルヴィルがいた。

触発されて、私は六〇年代にサンフランシスコの社会福祉関係のビルで事務員をしていたときの経験を詩に書く際に、チェーホフのおかしいほど自分のことが頭から離れない、おせっかいな語り手を借りた。この題材をそれまでにも詩や戯曲、物語に使おうとしたことはあったが、どうしても人生の絶望に満ちた建物の雰囲気を出すことができなかった。そのころ私が使っていた語り手はすべて、ベトナム戦争をすり抜け、常に性的精神的な大変動の中にある世界を生き延びることに夢中の、同じ、手がかりのない「私」だった。私が通っていたセラピストは「それほど忙しくしているのに、どうやって小説が書けるんですか」と皮肉を言った。チェーホフの語り手たちは私たち読者が知らなければならないこと以上は語らずに語り手の内面を表すのがうまかった。『アガフィヤ』に出てくる若い貴族は完璧だった。「S地区に住んでいたころ、ドゥブロフスクにある家庭菜園の見張り番をよく訪ねた。家庭菜園は無料の釣りができるので私のお気に入りだった。家を出るとき、帰りが何日の何時になるかわからないので、釣り道具と数日分の食料を持って出る」という具合だ。何百ページも使って書いていた私の苦しみが今度は四行詩五つ分になった。

バランス

八年が過ぎ、福祉のビルは駐車場になった。
案内係は事務所がどこへ行ったか思い出せない。郊外のどこかだろうと思う。

しかし一万人がこの廊下という廊下を埋めていた、
あの人数を掃いて隠せるのは海という大きなカーペットしかない。

私はチェーホフを愛読する事務員　事務員たちの運命を知っていた。
ダンサーのように身を傾けながら廊下を進み　立ち止まって話を聞いたりしない。
朝は歯医者の治療記録をファイルし、松葉づえが欲しい、
背中を痛めたからマットレスが欲しいという声には耳栓で対抗した。

モントベイル夫人という人は私の机に腰掛けて
感謝祭まで新しい入れ歯が届かなければ　絶対に自殺すると言う。
ぼろぼろになった歯茎の運命論者は　ごちそうを前に歯なしで死ぬのが恐かった。
終業時間になっても　幽霊たちが向こうの角まで列を作って　まだ待っていた。

中央書庫では百台の観覧車が虹色のカードをパラパラめくって

死んだ人　すぐにも死にそうな人、と分類しファイルするのを見ていた。
コンピュータの機械音は壮大なシンフォニーとなり
苛立った声を私の頭から洗い流した。

あのビルがなくなってよかった。あの数の絶望には耐えられない。
グレイの『解剖学』に　人間の体が毎日　百か所で壊れながら
それでもバランスが取れているのはどうしてかの説明はない。
哀れみの神よ　死者は今でもバス代と救済を求めている。

この技術は自分で読み方を覚えたときに使った方法と基本的に同じだ。読めたらどんな感じだろう、世界の他の子どもと同じように読めたらどんな感じだろうとベッドに寝転がって想像したものだ。母がじっと見つめるマンガ本の単語を、あたかも自分が読んでいるように振る舞いながら寝転がっていたものだ。
そのときは気がつかなかったが、私はディスレクシアではない、「普通の」子どもを作りだしつつあった。自分の物語をハッピーエンドに書き直せる語り手を作りだしつつあった。

今日まで、長い仕事の疲れで、息子たちに教えたりいっしょに遊んだりできないとき、私は同じことをしている。先見の明があり、直観力に優れた、自分にはできないのではないかと思うことに取り組む忍耐力があり、エネルギーあふれる人物を見つけるのだ。この哲学に基づいて、私の学校、ライターズ・スタジオで私が作り上げた教授方法は、ディスレクシアを補うためにやってきた、遠回りで複雑な私の考え方のひとつの見本だ。

XI

最近、ディスレクシアの人ふたりといっしょに暮らすのはどんな感じか、妻にたずねた。ふざけたわけでもなく、皮肉でもなく、突然その疑問が私に浮かんだのだ。ディスレクシアの息子をもつというのがどういうことか私にも少しわかってきていたが、学習障害の難しさ全部を抱える人間二人と暮らさなければならないのはどんな感じだろうと思ったのだ。妻の表情がすべてを語っていた。妻の、息子や私に対する日々の手助けは間違いなく大変なものだ。私は自分のディスレクシアについて書こうと思い妻と話し合ったが、この難業が可能になったのは、妻の有能さがあったからこそだ。少なくとも問題の処理、終わりのない情報探し（よい先生や家庭教師はどうしたら見つかるかなど）、ふさわしい友だちと遊ばせたり泊まりがけのパーティーに行かせたりする計画作り、いざこざを避けるための家庭内のルール作りは大変で、その間にも、学習障害をもたない、下の息子オージーをほったらかしにしない手立てを講じるなど、すべてに妻の不断の配慮が必要だった。

例えば昨年の夏、家族でシェナンドア国立公園にハイキングに行ったとき、私と上の息子が出発点に帰るにはどの道を戻るべきか口論しているのを聞いてオージーは、一〇歳には珍しい、人生にうんざりした様子で、「これがディスレクシアだよ」と首を振った。

オージーの言葉はおもしろく、感動的だった。母が何とか仲介し、助け船を出そうとするそばで、これまで何度、彼は夕食のときに私と兄の込み入った言い争いや難題につき合わなければならなかったことか。オージーは運動能力が高く、学校の成績がよかったことも救いだった。しかし、今は休暇中、アメリカでももっとも美しい場所のひとつ、ブルーリッジ山脈で、地図は右と左のどっちに行けと言っているかという興奮した言い争いをオージーは聞かされていた。彼の言葉には含蓄があり、状況をうまく表していた。ディスレクシアと暮らすために必要なのは、絶えざる辛抱、思いやり、そして理解だと。

学習障害の子どものいる家庭の負担はよく目にする。多くの高校では外国語を勉強しなければならないが、それには多量の宿題という重荷がつきものだ。それで家庭教師の費用が余計にかかる。多くのディスレクシアの子どもが耐えなければならないいじめや自尊心の問題に取り組むためには心理的な支援も必要だ。私の場合、ほとんど自分で何とかしてきたが、今それが可能とはかぎらない。ディスレクシアである多くの子どもたちは、同情を求めたり、他の子どもに同情したりして、何とか自分のできないことを穴埋めしたり辛さを減らそうとしたりする。

この種の同情は簡単には手に入らない。私は時々私を侮辱した子どもたちの目で自分を見てみた。また、自分に対してより、いじめっ子の方により深く同情するときもあった。ディスレクシアで苦しんでいる多くの人や、残念ながらディスレクシアを理解したり克服したりできない人に言えることが自分にはあるかもしれないと思うと大いに元気が出た。

小学校で詩の書き方を教えたとき、子どもたちの熱意を詩作の源として使った。先生たちの多くは、生徒たちがクラスで披露《ひろう》した「魔法」を後に楽しむようになったが、私に疑いをもつことも多かった。私の仕事が「創造性」に焦点をあてるからだろう。ニューヨークから来たこの詩人に、自分たちにできない何ができるというのか、というわけだ。多くの生徒が基本的なことで苦しんでいるときに、過密クラスで詩のような深遠で高尚《こうしょう》なものを教える目的は何だろう。そのころ私は自分のディスレクシアについては知らなかったが、私が生徒だったら創造的に書く方法を教えてもらいたいと願っていることは知っていた。詩をとおして、言葉と感情をひとつにまとめる方法を身につけたいと願っていることは知っていた。

子どもの想像力に訴えかけるのが子どもの自信を育むもっともよい方法だろう。自分の学習能力に自信喪失した子どもたちには、彼らの驚きを求める気持ちをとおして手を差し伸べることができる。私は何度も子どもたちの反応に感動し、子どもたちはその想像力に富む思考法で少しずつ伸びていけると信じるようになった。詩を教えながら、途方に暮れて怯えた子ども時代の自分に手を差し伸べているとは気がついていなかった。

書くことにかかわる多くの教師は、自分が長年の試行錯誤をとおして学んだことを教える。そして教師は自分の教えを作品の中にうまく活かしてくれる生徒を、つまり自分に似た生徒を教えたがる。私は才能のある学生を教えてきたが、すぐに輝く生徒ばかりではなかった。私が特に力を入れたのは、私のように、少しでも前進するためには全力を尽くさなければならない学生たちだった。私の教授法は、ある意味、これらの学生を念頭に置いてできていた。

数年前、ある権威ある文筆プログラムのトップが私にこう言った。「文筆プログラムの目的は、才能のある人とそこそこ使える人を選別することだ」と。驚いた私は小学校での「私の役割」について考えた。そしてたずねた、すぐに目に見える才能を出せない人に対して責任を感じませんか、と。その人たちに落第点をつけるのが恐くありませんか、と。笑顔が答えだった。彼はほんの一瞬も責任も恐れも感じていなかった。

ディスレクシアだったアルベルト・アインシュタインは自分より賢くＩＱの高い人はいたが、自分がいちばん創造的だったと言っている。かれの創造的な思考法にディスレクシアがどんな役割を果たしたのか知りたいと思わずにいられない。ディスレクシアの人は初めから多くのものを補わなければならない。私たちの心はほとんどのものごとを、他人の一枚上をいくゲームに変える。そこでは非難が主要通貨だ。このことを知ったら、感情的つながりを求める、その人なりの方法の見つけ方を教えやすくなった。恐怖が私の人生で果たす役割と私が恐怖によって支配されている度合いについて知ると、他の人たちが自分の感情が傷つくのを避けるために置く距離について考えられるようになった。恐怖こそが大半の学生が書くのをやめる主な理由であり、他の学生たちがとても情熱を感じていることについて書きたがらない理由だと信じている。ライターズ・スタジオはもうすぐ二四年を迎えるが、その取り組みでいいのか真剣に考えずにすんだ年はない。私はボードレールの一節を思い出す。「自己の離散と再編。それが物語のすべてだ」常に変わる物語の流れの中で、自分を見つけ、失う、その果てしない離散の過程で、私たちは常に自分自身を作り、作り直し、破壊している。自己の再編と物語にぴったりの語り手を見つけることが、作家として教師として私の目指すものだ。自分そっくりの人物に人がほとんど共感を示さなくても私はもはや驚かない。共感を示したときにこそ驚く。

私の教え方は、たいへん魅惑的で時間のかかる、複雑な支援のシステムだ。自分の仕事は、書く人には自分の本性の謎を作品の中で明らかにする強さがあると確信させることのように見える。偉大な芸術は正確にそれを行う。ディスレクシアは生き延びるためにこの方法を応用する。芸術のもつ説得という力はそれぞれの人の些細《ささい》な物語の中にあって、私にディスレクシアとの苦闘がなかったら、自分が作家になったり、人に創作について教えたりできていたか疑問だ。

◇◆◇◆◇◆◇

ある意味、ディスレクシアの人は環境により自分が物事を覚えられないのは自分の責任と思い込まされている。どのディスレクシアの人に話を聞いても、すぐに非難や後ろめたさ、恥ずかしさという世界が見えてくる。これがすべてではないだろうが、早くから自分がディスレクシアだと知って手助けや支援を受けている子どもだと違ってくる。子どもが自分は他の子どもと違っていてなにがしかの烙印《らくいん》を押されていると知るのはいつでも辛いことだ。この三〇年間、全寮制の特殊教育施設で教師、後に校長を務めたリチャード・ラヴォワは洞察に富む著書『きみの友だちでいるのは大変だ』で次のように書いている。「子どもが仲間内である評価を得たとき、特によくない評価を得たとき、それは消えることのないレッテルとなる。大人と違って子どもの人間関係は、比較的融通がきかず容赦《ようしゃ》ないものだ。一度『ダメなやつ』、『おたく』というレッテルを貼ると、その子どもとのやりとりはすべてその『フィルター』を通して解釈する傾向がある。プラスの行動は無視され、失敗やへまはダメなやつというレッテルがふさわしいという証拠と見なされる」。これは子ども自身が自分の行動を解釈するときや評価するときにもある程度、あてはまる。私の場合は確かにそうだった。落ちこぼれというレッテルがつくとずっと落ちこぼれなのだ。

それほど前ではないが、私の『魔法の王国』を朗読しているときに、「関節炎の（アースリティク）」という単語が出てきた。尊敬する詩人と朗読していて、その単語を見失ったとたんに発音を忘れパニックになった。『関節炎の動物たちがつき従う』の一節だった。

あきらめることが多いだろうとは思わなかった
そう思える人生はありがたかった。
祝福あれ
シーグラスのフィラメント
チドリの甲高い鳴き声
ミソサザイの言い争い
一マイルごとに　関節炎の動物たちがつき従う
タイヤの轍と　腐った流木から出る泡の匂いを嗅ぎながら
レースのような海草　逃げ急ぐカニ
誰かが美味しく食べて汚した後を

詩を書くときは、同じ行のひとつ置いた単語とどう音が影響するかを考えて語を選んでいる。たまに、そうでないときには発音しやすい単語を選んでいる。「関節炎の〈アースリティク〉」を使うことには用心していた。音節をひとつ増やして、まるでアーサーという名が入っているように「アースーライティス」と発音してしまうことがあるからだ。私は気がつかずに単語の音節を増やしたり、減らしたりすることがある。朗読会で詩を読んでいるとき、私はいつもその単語に近づいているのを意識し準備する。しかしこのときは、私はその単語を見失い、最初は頭の中で、次には実際に間違って発音してしまった。さらに悪いことには、単純にその語を飛ばして進むのではなく、茫然《ぼうぜん》と立ちすくみ、そのページの判別できない黒い点の雪あらしを見つめていた。何度も何度も読み違えながら。後で、その会の主催者に今までにもこんなことがあったかと聞かれた。私は動揺のあまり本当のことが言えなかったのだろう、「初めてです」と嘘《うそ》をついた。イースト・ハンプトンの家に帰るために車に乗り込んでやっと、その単語を発音できないのは私のディスレクシアと何か関係があるのだろうかと考えた。

大学ではずっと、どもるのが恐くて人前では作品を読まなかった。人前であがるからだと自分には言い聞かせていた。しかし朗読は職業詩人の生活では大事な部分で、最初の本の宣伝をしなければならなかったとき、臆病風《おくびょう》がおさまるようにと朗読の前に少し飲んだものだ。アルコールとディスレクシアは最悪の組み合わせで、問題を悪化させるだけだ。アルコールが一時的に落ち着きをもたらすというのはただの幻想だ。朗読の前にはワイン一杯も飲まない。後で自分への褒美として飲むことはあるが、前はない。

自分がディスレクシアについて知ることで、私は少し寛大になった。朗読中のちょっとした失敗、自分が読んでいるところがわからなくなって、知らないうちに他の詩の最後を読んでしまうなどは笑えるようなった。その結果があまりに「シュール」だったので、後で人々がやってきて、新しいスタイルがとても気にいったと言うようになった。どもりがしゃっくりを誘発して、二ついっしょの、すっかり賑《にぎ》やかな朗読になったときは、何かに取りつかれた誰かが、もうひとつの災難に見舞われないように戦っているという考えに、私でさえ笑うしかなかった。友だちが私を慰めようと、ドイツの詩人リルケは朗読中に鼻血を出したことを教えてくれた。しゃっくりと比べるのがそれとは、あまり慰めにはならない。

朗読会で他の作者を紹介するよう頼まれたときは、私は紹介文をタイプし、プリントするようにしている。即席で話すと名前や時制が混乱して出てくることがよくあり、訂正と申し訳ないという思いの迷路に入ってしまうからだ。授業のときは自分が何を言おうとしているのか忘れたり、暗喩《あんゆ》や決まり文句を言い間違えて台無しにしてしまうことがある。共通のベースになるので、私は決まり文句を授業で好んで使うのだが、私がどの決まり文句を言おうとしているか探すのは、素直で辛抱強い生徒にとってはちょっとしたゲームになる。馬をどこに連れて行って、それをどうするんだっけ――トンビが何を生むだったかな、というふうに。机について書いていると、心の中でためらいがちな取引が進む。興奮したまま書くか、目的達成のために迂回《うかい》するかの選択だ。この選択で私はほとんどの場合疲れ果てるが、意気軒昂《けんこう》になることもある。立ち上がって花に水をやりたい、お茶を沸かしたいという衝動が抑えられない。無から有を生み出せ、思いを語にせよ、音楽に強い思いをのせよ、と自分をのせることができたとき、すぐ次にやってくるのは無力感とわびしさと恐怖だ。おそらく、このわびしさはすべての芸術家が創造的であるという特権と快楽の代わりに支払わなければならない対価だろう。きっと作家にとっては珍しくないだろうし、ディスレクシアで苦しんでいる人に限ったことでもないだろう。しかし、ディスレクシアの人にとって、それは専門分野だ。ほんとうに得意分野だ。

XII

七〇年代、マサチューセッツ州のケンブリッジに住んでいるときに、私の代理人が、編集者に私の小説を送ったら気にいられたと電話してきた。金曜日の午後遅くだったが、その代理人は、もう九七%出版間違いなしだから外に出てお祝いしようという。友人たちに電話するとパーティーを開いてくれるという。その編集者が確証もなしに、賛辞を表すことはないだろうという友人もいた。この種の保証は誰もがその本を支持するだろうということだ。恋人は戸口に立ち、私にほほ笑みかけていた。早春で、私は窓から陰りゆく日を見つめていた。欲しいものはみんな手に入ったと思いながら。次に母に電話した。そのときはロチェスターの市営退職者用アパートに住んでいた。その数年後、母はアルツハイマーにかかるのだが、その日の午後、母の頭はとてもはっきりしていた。「ほらごらん、お前が作家になれるはずがないって、みんな言ってたね。やったわね」ジョイス先生を思い出してふたりで笑った。

「フィリップ、お前が落第したとき心理士がなんて言ったか話したっけ」

「いや、聞いてないよ」知りたいとはあまり思わなかった。

「検査をしたら、お前には読めるだけの頭の良さはちゃんとあった。読めないのはお前のせいだと言いたいような口ぶりだったよ。おまえは読めるようになりたくないんだとね」

「自分でもそうだと思っていたよ」

「あの心理士に言っておやり」

心に残るパーティーだった。みんなが私のために喜んでくれた。

月曜日、代理人が電話してきて、編集者の気持ちが変わったと言った。その編集者は私の小説を高く評価しているが、彼の同僚が今の形では出版できないと言っているという。母との会話を思い出し、学校の心理士が結局正しかったのかと思った。次々とやってくるさまざまな苦境の原因はたぶん私にあるのだろう。

あのケンブリッジの日から数百マイルと三四年を隔てて、私は今イースト・ハンプトンの書斎《しょさい》に座り、芸術家の一生は多くの点でディスレクシアの人の一生と似ているとやっと気がついた。どちらも、創造的な補いの思考法だけでなく、相当量の不安と忍耐と拒絶を生みだす、本質的に機能不全のシステムである。どちらも、その本質から、犠牲者を作り、その犠牲者を社会の異端者、異分子に変える。どの程度成功しているかにかかわらず、すべての芸術家にそれが当てはまり、才能があればあるほど、不安と苦しみは大きくなり、リスクも大きくなると思う。誰もが自分の作り出した自分嫌悪の言葉や、創造の興奮、寛容さのなさになんとか耐えなければならない。誰に助けを求めることもなく。

私のディスレクシア同様、私の詩も私の暗黒の感情と思考の大きなフィルターの役目をしている。遅かれ早かれ、すべてがこのフィルターを通る。軽いか、人を衰弱させるほど重いか、非言語性か言語性かにかかわらず、ＬＤを抱えている人は誰でも、全体像をつかむのに苦労する。全体像には疑念がつきまとい、その疑念を誰にも明かせない。たいへん皮肉なことだが、私のできなかったことが、私に仕事を与え、自分を知る方法をくれたと言える。つまり、かつて私のじゃまをし、私を支配したものを私は支配することを選んだのだ。主従逆転したのだ。

◇◆◇◆◇◆◇

いつ、どのようにして自分は詩人だと気づいたかとよく聞かれる。おもしろい答え方や説明はいくつかあるが、私の孤独への憧れと関係があることは確かだろう。私はとてつもなく長い時間、部屋にこもってひとり思いにふけることができる。

子どもの頃、退屈しのぎに祖母に話をして聞かせ、母はそれを台所で父の自動販売機から集めた硬貨を数えながら聞いていた。祖母がベッドとして使っていた小さな青いソファにふたりで座っていた。祖母は熱心に、ほほ笑みながら、頷《うなず》きながら聞いてくれた。すると私の夢物語はふたりをロチェスターの町なかの不幸な家から遠くへ連れ出してくれた。

くすんだ茶色の家具とはげかけた壁紙に囲まれ、やぼったい服を着た母と祖母が、今も私の目に浮かぶ。私はふたりの目にどう映っていたか。学校の成績表に書かれている以上、学校の先生たちが私にできると思っている以上、本当の世の中について知っている以上の存在だった。私の話を聞いてふたりは私がどんな人間か知っていた。愛しているからこそ私を認めてくれた。朗読会で、聴衆の中にふたりの顔を探していることがある。記憶が与えてくれる安心と励ましを探しているのだ。よくここまで来たという懐旧の念もある。人は、その人が語る物語であり、創意で作り上げたものである。質問に対する答え以上のものであり、限界を超えたものさえである。人は何とか勇気を振り絞って想像し、ときに他に伝えようとする、扱いにくくとても謎に満ちた夢そのものである。

昨年三月、「学習障害のある聡明な子どもたち（Smart Kids with Learning Disabilities）」が主催する会議に出席した。これは一〇年前にジェーン・ロスによって創設された、ディスレクシアやＡＤＤ（注意欠陥障害）の子どもの親を支援するための団体だ。私はそこで賞をもらった。ウエストポート・カントリー・プレイハウスで開かれた一〇周年記念チャリティ「才能に制限なし（The Sky's the Limit）」で、私たちは自分たちの中にある「芸術、科学、運動、工学の才」を祝福した。会議で私はこの本の最初の章を朗読した。その後、詩の本のサイン会の間、私が個人史を明らかにしたことに触発されて、学習障害の子どもの親たちが私に自分たちの話を聞いてほしいと言ってきた。ある女性は、いじめのために娘は一年に四回も転校しなければならなかったと打ち明けた。ある気品ある、高名の弁護士は取り乱して、自分の息子が同級生にいじめられ、からかわれるのを見るのが辛いと訴えた。彼は昔、高校のフットボールのスターで、他の生徒をからかった。今その報いを受けていると感じていた。息子が苦しむのを見ても何もしてやれないことに彼は心を痛めていた。見るからに知性と教養を備えた女性が目に涙をためて私の手を強く握り、こと細かに話してくれたのは、娘が毎朝、学校に行くのを拒み、どうしても家を出ようとしないことだった。子どもたちが娘の話し方、外見、歩き方さえ変だといっていじめると、部屋に閉じこもって泣くという。ホームスクールにしてほしいと両親に懇願しているという。次から次と同じような男女が私に話さずにいられないというようにやって来た。私は部外者ではなかった。同じく暗い道を旅してきた理解し合える仲間だった。妻と私は顔を見合わせ、よくわかるどの話も最後まで聞いた。

その夜に受賞した多くの才能ある子どもたちの中で、特に私の印象に残ったのがメリッサ・レイという一六歳のミズーリ州マンチェスターの高校二年生だった。ユース・アチーヴメント賞を受賞した彼女は一年生のときにディスレクシアと診断されていた。NASAの宇宙センターでのヤング・サイエンティスト・チャレンジ二〇〇八で「全米トップ・ヤング・サイエンティスト」に選ばれた彼女はスピーチでディスレクシアであることは自分にとって秘密の武器だと言った。自分と学習障害のないライバルたちを区別していた。自分はこれまで人生のほとんどを使って難問を解くことや身の周りの障害物にどうやって対処するか学んできたが、他の応募者はそうではないとわかったと言った。ライバルたちが高い知能を使って科学や数学の難問を解くのにいつも同じ方法を使っていたのに対し、彼女は終わりのない欲求不満に対する強力な解決法となったものを自分の利点として使っていた。彼女はこの便利な点、暗い森を抜ける道を想像するという、この創造的な思考法を身につけ、それが今の彼女の隠れた自信とひらめきの源になっていた。涙を流さずに聞いているものは多くなかった。彼女が言おうとすることが私たちにはよくわかった。誰もが私たちを見捨てたように思えても、復活と革新に向かう我々の能力を認める部分が我々の中にはわずかながら存在し、我々の祝福の意欲を支え続けるということだ。自分たちに与えられた能力の喜びを知っているのは私たちだけだ。私は心の底からそう信じる。私たちが認められ、思いやりをもって受け入れられる場所に到達するまで、大いに苦しむことが必要なのだろう。私たちのどこが特別で、価値があるか理解し、それに従って行動できるようになるまで。

作家とは自らの魂を扱う考古学者である。底につくまで掘っても、まだその先に、底が次から次へと現れる。私たちは大きな痛みと犠牲に耐えることができるが、この努力はあきらめないということと関係があるに違いない。長い間、私は自分の人生が他の誰かから尊敬や愛情を得るものになるとは想像できなかった。自分の脳が情報や言葉を処理するのに具合が悪いところ、他と違うところがあるとは知らなかった。「私」がおかしいと思い込んでいた。今でも時々そうに違いないと思うことがある。たぶん、これからもそうだろう。しかし、全世界が私を袋だたきにしているように思えたときでさえも、私のために抗弁してくれるものがあった。その理由を正確には言えないが、聖アウグスティヌスの「すべては存在するかぎり善である」という言葉は本当だとずっと信じてきた。そして善であることは価値があり広がっていく。どれほど豊かで、強力で、知能が高く、賢くても、私たちは小さく、取るに足りない、まったく価値のない存在でもある。このことは誰も知っている。でも耐えている。息子はディスレクシアにもかかわらず特別なのではなく、ディスレクシアゆえに特別なのだ。息子は自分がよい人間であり能力があることを考古学者が地球の歴史を学ぶように学んでいる。非常にゆっくりと疲労困憊《こんぱい》しながら。自分たちの一番弱いところ、一番困ったところを愛するように。愛するのは、それが私たちにとって本質的なものだからであり、本質的なものに敬意を表してである。

◇◆◇◆◇◆◇

　最近、イーライと私はペネロペを散歩に連れていった。一〇月の終わりの気持ちの良い土曜日の午後で、いつも通り、イーライが前を、路上の石を蹴りながら歩いていた。ときには自分の石ベッシーを持ってくることもある。何年も前に海岸で見つけたものだ。ときには小枝を引きずっていることもあった。イーライはよく一度に複数のものに意識を向けながら気を紛らわせるものを探していた。テレビで野球を見たり、夕食前に父親と散歩をしたりするもっともありふれた活動の間もそうだった。以前はそれがうっとうしかった。石を歩道から蹴りださないように、私の一歩か二歩前や後ろを歩かれると話しかけづらいからだ。イーライは今一四歳で、自分が複雑で、他と違って、どこか謎めいていることを楽しんでいる。野球カードを集めたり交換したりするのに取りつかれていること、今まで製造された車について何でも知っていることを楽しんでいる。気まぐれな百科事典的精神を使って情報収集して、それを現実に活かす方法を見つけたり（例えば、前日に活躍した選手を探し出し、その選手のカードをインターネット上で売る）、他の人にはできないイタリアやフランスの年代物の車の識別法を使ってゲームを作ったりして楽しんでいる。イーライは知識欲旺盛《おうせい》な、ちょっと変わった若者だ。友だちの親は建設業や不動産業、あるいはウォールストリート勤めなのに対し、イーライの両親は詩人と彫刻家だ。イーライは私と似ているところ、まったく違うところを楽しんでいる。

イーライと同じように、私にも取りつかれているものがある。コミック、映画、絵画、そして最後に文学のファンタジーの世界だ。中学、高校時代は普通でも優秀でもなく、自分は他と違うことを確信していた。しかしイーライは、成長の途上で自分がディスレクシアであると知らされ、自分のことを知り、自分が好きでいられるのは間違いなく有利なことだ。イーライは他の子どもたちを自分とは違う存在だと見ている。学習障害のためにイーライが背負った困難はあるが、そのためにイーライが自分を曲げるだろうとは思っていない、つまり、あきらめることがたくさんあるだろうとは私は思っていない。例えばイーライはカモノハシが大好きだ。七歳のとき学校でカモノハシの写真を見つけた。イーライのバル・ミツバでは大きな白いケーキの真ん中に緑のカモノハシがのっていた。誇らしげに着ているTシャツにはカモノハシの絵と「ぼくらの力を合わせれば」という言葉が書かれていた。「ぼくら」とはTシャツに描かれたワニ、ビーバー、ヘビ、アヒルのことだ。なぜイーライがこの半水生の、かわいらしくもない、毛におおわれ、カモのようなくちばしとビーバーのような尾とカワウソの足をもった、指を握りこぶしのようにして歩く、卵生の哺乳類《ほにゅう》（たった五種類しかいないうちの一種）に夢中なのか、ディスレクシアの子の親ならすぐわかるだろう。素晴らしく美しい秋の夕暮れ、小石を蹴りながら歩く姿を見ていると、カモノハシと同じように、イーライも謎に満ちた、不思議な、魅力の混ざり合った天性を失わずに、伸ばしていけるだろうと思った。

監訳者あとがき

ポーランド系ユダヤ人であるアメリカのディスレクシアのピュリツァー賞受賞詩人、フィリップ・シュルツ氏の著書を監訳するのは、簡単な作業ではありませんでした。自分自身もディスレクシアで通訳翻訳をしている私は、ディスレクシアのメカニズムやそれがいかに人の生活や心理に影響を与えるかを知っているつもりでした。帰国子女でもあるので、いくつかの違う文化や言葉にさらされ戸惑う気持ちも体験してきました。しかし、シュルツ氏はそのうえユダヤ人で詩人、つまり私にとっては未知の世界との出会いを意味していました。

『私のディスレクシア』という題は、ディスレクシアの本質をよく表しています。ディスレクシアとは音と意味と文字をつなげるループがスムーズに機能しないので、読みの正確さ、スピードと流暢さに影響を及ぼすものですが、その症状は実にさまざまであり、その出方は一人一人違います。とはいえ、共通に感じるものはあります。それは読み書きが困難であるということよりももっと根本的なところでの共感です。監訳しながら共感したことを三点だけ記します。

私もシュルツ氏と同じように読み書きに関する事業に取り掛かるまでの儀式がとても長いのです。自分を駆り立てて、お茶を入れて、草木の世話をしてと、どうにかやらない方向へ逃げようとする自分との戦いに打ち勝ってやっと文章に向かえます。今回の監訳も同じでした。

物事の根底に流れるのは「不安」です。これは成人して何らかの方法で成功しているディスレクシアの多くの人が感じるものです。特に読み書きの困難さがディスレクシアの特徴ですから、学校に入ってからずーっと感じ続けるものです。自分が周りの人とどう違うのかが分からないので、それも不安に拍車をかけます。

また、「思考回路の複雑さ」ももう一つの特徴です。複雑すぎて空回りをしたり、周りの人に理解されにくかったりしますが、同時にほかの人にはできないことを成し遂げる原動力にもなります。シュルツ氏の場合は、この複雑な回路を活用してライターズ・スクールを運営して詩人として頭角を現します。詩の朗読をするときの読み違えや行間違え、詰まってしまうのも味方にして、それを自分の味として表現します。

現在の子どもたちは早くからディスレクシアと分かり、理解され、配慮や支援を受けられるようになっていることは恵まれたことです。それでも本人が感じる辛さは、時代や社会が変わってもそれほど質的に変わることはありません。

本書が多くの人に読まれ、ディスレクシアの人がディスレクシアゆえに日々感じる事柄を理解していただく一助となればと思います。

二〇一三年　夏

藤堂栄子

訳者あとがき

ディスレクシアの表れ方を説明されれば想像はできるが、それをわが身に起こる現実として長く意識し続けることは難しい。しかし、「何を言っているのかピンとこないものを・・・本当にわかるまで同じ文を二度三度読み返す・・・語の配列をあれこれ変えて音読しやっと意味がわかり始める」（本書二一ページ）という過程はこの本を訳す時に私がたびたび経験した作業そのものだ。母国語を読むときにもこの苦労がついてくるなら、読むことが苦行になり、はたしてきちんと理解できているかと不安を始終感じずにいられないし、ひいては周囲との隔たりを感じるだろう。この本には、詩人ならではと思わせる語句の選びや修飾方法、ディスレクシア当事者としての描写が数多くある。翻訳する者には難所だが、その部分こそがこの本の特徴であり、共感してくださる方の多い部分だと思う。難所がうまく乗り越えられ、作者の思いが伝わることを願っている。

「自分のディスレクシアについて書くことは、自分の不安について書くことでもある」（同三〇ページ）と作者は言う。ディスレクシアはたんなる不自由、不便の域を大きく超えて、存在の安定そのもの、自尊心を脅かすものだとこの本は教えてくれる。作者はヘブライ語を習得できないためにユダヤ教徒であることに屈折した思いをもつ。ディスレクシアはアイデンティティの問題にも関わっているのだ。母以外には理解されなかった小学校時代、「やみくもな暗記」（同七〇〜七一ページ）で乗り切った高校、大学時代。常にあった、自分の本質である不安を軸に詳しく書かれているからこそ、ディスレクシアの姿と影響を深く知ることができる。私自身にとって発見の多い翻訳の機会を与えていただいたことに感謝している。

本書の翻訳にあたっては監訳者の藤堂栄子さん、東京書籍の大山茂樹さんから貴重な示唆、助言をいただいた。この場を借りてお礼を申し上げる。

二〇一三年　夏

室﨑育美